십이천문
十二天門

십이천문 6

허담 新무협 판타지 소설

초판 1쇄 찍은 날 § 2019년 3월 22일
초판 1쇄 펴낸 날 § 2019년 3월 29일

지은이 § 허담
펴낸이 § 서경석

총괄팀장 § 최하나
편집책임 § 김경민

펴낸곳 § 도서출판 청어람
등록번호 § 제387-1999-000006호
등록일자 § 1999. 5. 31
어람번호 § 제2-2779호

주소 § 경기도 부천시 부일로 483번길 40 서경B/D 3F (우) 14640
전화 § 032-656-4452 팩스 § 032-656-4453
http://www.chungeoram.com
E-mail § chungeorambook@daum.net

ⓒ 허담, 2018

ISBN 979-11-04-91963-3 04810
ISBN 979-11-04-91872-8 (세트)

십이천문

十二天門

6

칠화엽

청어람
도서출판

허담 新무협 판타지 소설

FANTASTIC ORIENTAL HEROES

십이
천문

十二天門

目次

제1장
다시 북화문에서

"어서 오세요. 기다리고 있었습니다."

다시 북화문이다.

인연이란 묘한 것이어서 한 번 인연을 맺는 사람들은 쉽게 그 인연의 끈이 끊어지지 않은 법이다.

먼 여행 끝에 곤륜에서 돌아온 나왕과 사송은 다른 일행을 먼저 장원으로 보내고 자신들은 북화문을 먼저 찾았다.

그리고 북화문주 담교언은 그들이 돌아오면 자신을 찾아올 줄 알고 있었다는 듯 담담하게 두 사람을 맞이했다.

어쩌면 그녀는 십이천문의 사람들이 화명과 수월, 두 전 북화문 살수들에게서 얻은 일곱 개 불꽃 문양의 천 조각에 대해 그녀들만큼이나 알고 있었는지도 모른다. 혹은 그보다 더 많이 알고 있었을 수도 있었다.

그래서 그녀는 십이천문의 사람들이 곤륜에서 돌아오자마자 자신을 찾아온 것을 당연하게 받아들이고 있는 듯했다.

　하지만 그녀를 탓할 수는 없었다. 애초에 그녀가 불꽃 문양의 천 조각에 대해 정확히 알지 못한다고 말한 것은 그녀 자신이 아니라 화명과 수월 두 사람이었기 때문이다.

　하지만 그렇다고 십이천문 사람들의 기분이 썩 좋은 것은 아니었다. 그녀 역시 십이천문 사람들이 음양교 무리들을 상대한 이후에도 함구했던 것은 분명한 사실이었기 때문이다.

　아마도 그건 화명과 수월 두 여인의 부탁 때문이었을 것이다.

　"덕분에 먼 여행을 했소."

　송가장을 떠난 이후에는 누구에게든 속임을 당하는 것을 순순히 용납하지 않는 불사 나왕이 뼈 있는 말을 먼저 했다.

　"원망하신다면 사과드립니다. 하지만 이십오 년 동안 본 문의 그늘에서 살수로 살아온 두 사람의 청을 거절할 수는 없었습니다. 벌을 주신다면 달게 받겠습니다."

　"후우… 벌이라니. 문주는 단지 침묵했을 뿐인데 무슨 죄가 있겠소. 더군다나 일문의 문주를 벌주고 말고 할 자격이 우리에게는 없소. 다만… 다시 한번 깨달은 바는 역시 강호란 곳은 구 할의 진심 속에도 일 할의 거짓이 내포되어 있다는 사실이오. 가르침 감사하오."

　화를 내는 것보다 더 무서운 말일지도 모르는 말을 나왕이 담담하게 내뱉었다.

　그러자 북화문주 담교언의 얼굴이 어두워졌다. 나왕의 분노가 생각보다 깊다고 느낀 듯했다.

"그 대가로 북화문이 해드릴 일이 있다면 무엇이든지……."

"그만하시고. 한 가지 물읍시다."

"말씀하시지요."

담교언이 공손하게 대답했다.

"문주는 그… 유령문, 그러니까 천통문의 존재를 알고 있었소?"

이번 질문은 순수한 호기심에서 한 질문이었다.

아직도 풀리지 않는 의문, 그리고 마누가 끝까지 말해주지 않은 의문이 마누와 전대 북화문주 한검 자소와의 관계였다.

대체 어떤 연유로 마누가 한검 자소와 인연을 맺어 화명과 수월 두 여인을 맡겼는지 여전히 모르고 있는 십이천문의 사람들이었다.

"그런 문파가 곤륜 어딘가에 있다는 말은 사부께 들어서 알고 있었습니다. 물론 화명과 수월 두 사람이 그곳 출신이란 것도… 하지만 그녀들에게 어떤 일이 있었는지는 알지 못했지요. 사부께서 말씀하시길 모르면 모르는 대로 사는 것이 좋은 일이라고 하셨고, 또 알고자 한다면 그녀들 스스로 알아가야 할 일이라고 했습니다. 하지만… 사부께서는 그녀들이 유령문으로 돌아가는 것을 원치 않는 눈치셨지요."

담교언이 대답했다.

"대체 전대 문주께선 어떻게 천통문의 그 무령사란 자와 인연이 닿았던 거요?"

"무령사요?"

그런데 그 질문을 받은 담교언이 오히려 의아한 표정으로 물었다.

"무령사를 모르시오?"

나왕이 당황한 표정으로 물었다.

"유령문에 대해서는 솔직히 아는 것이 거의 없어요. 사부께서도 평생 유령문에 대해서는 거의 언급하지 않으셨으니까요. 다만… 그런데 말해주지 않던가요?"

담교언이 고개를 갸웃하며 물었다.

"누가 말이오?"

"유령문주의 부인께서……."

"서 부인 말이오?"

나왕이 되묻자 담교언이 고개를 끄떡였다.

"설마 무령사가 아니라 문주 부인이었던 거요?"

"아마도… 왜냐하면 스승님은 강호에 한검 자소라는 이름으로 알려져 있지만 사실 자소라는 이름은 성을 뺀 이름이거든요."

"성씨를 뺀 이름이라면 성씨는 뭐요?"

지금껏 두 사람의 대화를 듣고 있던 자왕 사송이 불쑥 물었다.

"사부님은 서씨 성을 가지고 계셨어요. 그런데 그 성씨를 사용하지 않으신 거죠."

"아……!"

"이런… 참……."

나직한 탄식과 탄성이 동시에 흘러나왔다.

북화문주 한검 자소의 본래 성씨가 서씨라는 것은 그냥 흘려들을 수 있는 말이 아니었다. 유령문의 문주 부인이 서씨 성을 쓴다는 것과 연결시켜 보면 두 사람 사이에는 깊은 혈연의 고리가 있었던 것이 분명했다.

"정말… 무서운 여인이오."

자왕 사송이 흠칫 몸을 떨며 말했다.

서유화를 두고 한 말이다.

"그렇구려. 혹여라도 다시 만나게 되면 그때는……."

나왕이 말꼬리를 흐렸다. 그러나 그의 말투에서 숨길 수 없는 적의가 묻어났다.

그런 나왕과 자왕 사송의 반응을 북화문주 담교언이 의문스러운 얼굴로 바라보며 물었다.

"대체 그곳에서 무슨 일이 있었던 거죠?"

그러나 나왕은 그녀의 말에 대답을 하는 대신 다시 질문을 던졌다.

"결국 북화문과 유령문… 어떤 식으로든 연관이 있는 것이었소?"

"아뇨. 그렇지 않아요. 그건 단지 돌아가신 스승님 개인의 일이지요. 스승님이 북화문에 들어오기 전의……."

"알겠소. 일단은 그렇게 믿겠소. 그리고 충고하자면, 만약의 경우라도 북화문이 천통문과 실낱같은 인연의 끈이라도 있다면 조심하기 바라오."

"…그러죠."

담교언이 여전히 의문이 가득한 얼굴로 대답했다. 그러자 나왕은 더 이상 천통문에 관해 이야기하고 싶지 않다는 듯 다른 이야기를 꺼내 들었다.

"이제 이것에 대해 이야기 좀 합시다."

나왕이 탁자에 일곱 개의 불꽃 문양이 있는 천 조각을 올려놓으며 말했다.

그러자 담교언이 고개를 저었다.

"정말로 저는 이 문양에 대해선 아는 것이 없지요. 제가 해드릴 수 있는 이야기는 당시 수월과 화명, 두 사람이 무슨 일을 하고 있었느냐는 것뿐입니다."

"음, 그렇구려. 두 사람이 그 일을 하던 중에 얻은 것이니까."

나왕이 고개를 끄떡였다.

그러자 담교언이 다시 입을 열었다.

"대충은 들으셨지요?"

"그렇소. 황해 인근 무법지에 있는 항구의 몇몇 기루 기녀들이 실종되는 사건을 조사하기 위해 갔었다고 하더구려. 이 천 조각은 실종된 기녀들 중 시신으로 발견된 여인의 손에 쥐어져 있었고."

"맞습니다. 하지만 정확히는 기녀들이 실종된 것인지, 아니면 스스로 기루를 떠난 것인지 확실치 않아요. 그녀들 모두 더 이상 기녀로 살지 않겠다는 편지를 남겨두고 사라졌으니까요."

"그렇다면 크게 문제가 될 일은 아니지 않소? 스스로 자신의 뜻을 밝히고 떠났다면……."

자왕 사송이 물었다.

"그렇지요. 그런데 그게 한두 명에게 일어난 일이 아니라, 마치 전염병이 돌듯 연달아 그런 식으로 기녀들이 떠나니 주루의 운영이 거의 불가능한 지경에 처했어요. 그런 기루가 하나도 아니고 여러 곳이었습니다."

담교언이 말했다.

"음, 그렇다면 필시 무슨 내막이 있겠군."

사송이 그제야 문제의 심각성을 깨닫고 고개를 끄떡였다.

"그렇지요. 처음에 저희들은 남화문이나 혹은 다른 세력이 본
루의 영역을 침범해 기녀들을 빼가는 것이라고 생각했는데, 시
간이 지나니 그렇게 보기도 어려운 것이, 기녀들이 다른 기루로
간 것이 아니라 아예 사라져 버렸던 것이죠."

"음, 참으로 묘한 일이군."

사송이 고개를 갸웃했다. 결국 기녀들 스스로 실종된 것이란
의미기 때문이었다.

"조사는 어느 정도까지 진행되었소?"

나왕이 물었다.

"화명과 수월 두 사람은 이 일에 관여된 듯한 인물 한 사람을
알아냈어요. 그래서 그를 추격하다가 실종되었던 기녀의 행적을
찾았고, 그녀와 어렵사리 연락이 닿아 만나기로 한 장소에 갔다
가 그녀의 시신과 이 천 조각을 얻은 거예요."

"그 이야기는 들었소. 이름은 없고 젊은 학사라 불렸다고 하
더구려."

"그사이 그의 이름을 알아냈어요. 온고라는 이름을 썼다고 하
더군요."

"온고라… 특이한 이름이군."

곁에서 사송이 중얼거렸다.

"더 알아낸 사실이 있소?"

나왕이 다시 물었다.

"사실 거의 없어요. 음양교를 물리치기는 했으나 그 뒷수습을 하느라 다른 일에 신경 쓸 여력이 없었지요. 다행히 수월과 화명 두 사람의 조사 이후 기녀들이 사라지는 일도 더 이상 없고 해서."

"그렇구려. 그럼 이 천 조각을 쥐고 죽어 있었다는 기녀를 발견한 곳에서 일을 시작해야 할 것 같군."

나왕이 탁자 위에 있는 일곱 개 불꽃 문양의 천 조각을 집어 들며 중얼거렸다.

그러자 담교언이 재빨리 말했다.

"그녀의 이름은 주향이라 하고, 일했던 기루는 망향루라는 기루입니다. 산동성의 작은 포구 소항에 있는 기루입니다. 기루에 들르시겠다면 미리 기별을 해두겠습니다."

"그럴 필요 없소. 우리가 이 일을 조사하는 것이 다른 사람들에게 알려지기를 바라지 않소."

"아, 그러시군요. 알겠습니다. 하지만 루주에게 정도는……."

"아니오. 적어도 이 일에 관해서는 우린 그 누구도 믿지 않소."

나왕이 단호하게 말했다.

과거 십이지방에 일어났던 혈월야를 조사하는 일은 극히 위험한 일이다. 그래서 그들이 이 일을 조사한다는 것을 그 누구에게도 알리고 싶지 않은 나왕이었다.

"알겠습니다. 대협의 뜻에 따르지요."

담교언이 순순히 나왕의 뜻에 따랐다.

"그럼 우린 그만 가보겠소."

"벌써 가시렵니까? 식사라도 하고 가시지요?"

담교언이 서운한 표정으로 말했다.

"아직 본 문의 장원에도 들르지 않았소."

"아, 그러시군요. 알겠습니다. 다음 기회에 모시지요."

이번에도 담교언이 순순히 나왕의 뜻에 따랐다.

그런데 그때 불쑥 자왕 사송이 담교언에게 물었다.

"그자는 아직 안 잡혔소?"

"인왕 홍광 말인가요?"

담교언이 얼굴을 굳히며 되물었다.

"그렇소."

"아직 잡지 못했다고 하더군요. 사실 그래서 저희 역시 지금도 경계를 늦출 수 없는 상황입니다."

"이상한 일이군. 무림맹이 나섰는데도 잡히지 않다니."

사송이 고개를 갸웃했다.

그러자 나왕이 자리에서 일어나며 말했다.

"십육마문의 마인들이 숨는 데는 제법 재주가 있지 않소. 하지만 그래도 결국은 잡힐 것이오. 일단 꼬리가 밟힌 이상은……."

"그렇긴 하지요. 제길, 이 일만 아니라면 내가 한번 잡아보는 건데……."

사송은 추격의 달인으로서 승부욕이 생기는 모양이었다. 하지만 지금은 그도 어쩔 수 없었다. 일곱 개의 불꽃 문양을 쫓는 것이 더 급한 일이기 때문이었다.

"부디 원하시는 대로 일이 풀리길 바라겠어요."

나왕과 자왕이 떠나려 하자 담교언이 두 사람에게 말했다.

"그 일이 해결되면 문주께서는 손도 대지 않고 또 하나의 난제를 해결하게 되겠구려."

사송이 미소를 지으며 말했다.

이 일이 결국 북화문에 속한 기루에서 기녀들이 사라진 일을 해결하는 것이기도 하기 때문이었다.

"그렇게 되면 저야 고마운 일이지요."

담교언이 가볍게 미소로 응대했다.

"그럼 또 봅시다."

불사 나왕이 작별을 고하고 담교언의 처소를 떠나려는데 담교언이 급히 그에게 말했다.

"칠화는 잘 지내고 있습니다."

묻지도 않은 말을 하는 담교언을 나왕이 물끄러미 바라보다가 덤덤한 표정으로 대답했다.

"다행이구려. 안부 전해주시오."

그 말을 끝으로 불사 나왕이 사송과 함께 자리를 떠났다.

그러자 담교언이 고개를 갸웃하면서 중얼거렸다.

"정말 춘몽원주에게 아무런 감정이 없는 것일까?"

*   *   *

"하하하! 어서 오시게. 불사! 떠날 때는 늦가을이었는데 돌아오니 꽃 피는 춘삼월이군. 그래, 먼 길 잘 다녀오셨는가?"

십이천문으로 돌아왔을 때, 불사 나왕을 가장 먼저 반긴 이는 천면개 노광이었다. 그는 한겨울 십이천문의 장원에서 잘 먹고 잘 지냈는지 얼굴에 제법 윤기가 돌았다.

"아직 떠나지 않으셨습니까?"

나왕이 퉁명스럽게 물었다.

나왕과 사송이 북화문주 담교언을 만나러 간 사이 적월과 다른 일행은 먼저 장원에 돌아와 있었다. 주인이 돌아왔으니 잠시 머물렀던 객은 떠났어야 하는 것 아니냐는 말이었다.

"어허, 매정한 사람, 그래도 불사의 얼굴을 보고 가야지. 그래, 갔던 일은 잘 되었나?"

"그럭저럭… 그런데 실망입니다."

"또 뭐가?"

"아직 음양교의 인왕 홍광을 잡지 못하셨다고……."

"에이, 그 일은 말도 말게."

천면개 노광이 손을 저으며 말했다. 한눈에 봐도 언짢은 기색이 역력하다.

"무슨 문제가 있습니까?"

이번에는 자왕 사송이 물었다.

"문제라면 문제지. 잘난 사람들이 너무 많아서 말이오."

"무슨 말입니까?"

"그자를 쫓는 일은 남궁세가가 주도하고 있소."

"예?"

사송이 말도 되지 않는다는 표정으로 되물었다.

그도 그럴 것이 남궁세가라면 칠마 십육마문의 난 이후, 음양교 천지인 삼왕을 자신들이 주살했다고 주장한 문파였다.

결국 그 말은 거짓으로 드러났으니 그들의 이 일에 주도권을 가질 어떤 명분이나 이유도 없었다. 그런데 그런 남궁세가가 음양교 인왕 홍광을 추격하는 일을 주도하고 있다니 도저히 납득하기 어려운 일이었다.

"뭐, 무림맹에서 그리 결정했다오. 실수한 사람들에게 명예를 회복할 기회를 준다나 어쨌다나. 그래서 우리 개방도 적극적으로 나서지는 못하고 있소이다. 개방이 전면적으로 움직이면 쉽게 끝날 일인데……."

"어쩔 수 없는 일 아니겠습니까? 무림맹이야 구패의 손에 들어 있으니. 그들이 결정했으면 전 무림이 따를 밖에요. 그런데 구패가 이번에는 남궁세가의 체면을 살려주기로 결정했나 보군요."

사송이 말했다.

"그게 다 빚이라오. 이번에 남궁세가가 크게 체면이 깎인 것은 분명한 일이오. 인왕 홍광을 잡는 일을 남궁세가에 일임한 것은 그런 의미에서 남궁세가가 다른 여덟 문파에게 큰 빚을 지게 된 것이오. 나중에라도 분명 적지 않은 대가를 치러야 할 거요."

"그건 그렇고, 언제 가십니까?"

불사 나왕이 다시 노광에게 물었다.

"저녁때가 되었는데 밥도 안 주고 거지를 쫓아내겠다고?"

노광이 눈에 치뜨며 물었다.

"밥보다 귀가 가려운 건 알겠는데 있어봐야 더 들을 말도 없을 겁니다."

나왕은 노광의 속내를 이미 알아채고 있었다. 노광은 좀 더 십이천문에 머물면서 이들이 곤륜에서 한 일과 오늘 장원으로 바로 오지 않고 북화문에 들른 이유 등을 알아내려는 것이 분명했다.

"난 밥만 먹고 갈 테니 걱정 말게."

노광이 짐짓 딴청을 피웠다.

"알겠습니다. 밥이야 먹여 드려야죠."

자왕이 빙그레 미소를 지으며 대답했다.

노광은 자신의 원하는 대로 십이천문에서 저녁밥을 얻어먹었
다.

그러나 그가 진심으로 원했던 것들은 제대로 들을 수 없었다.
십이천문의 사람들은 곤륜의 아름다운 풍경과 여행에서 있었던
여러 가지 사소한 일들을 회상하면서도 유령문에 대해선 철저히
함구했다.

그래서 노광은 저녁 식사가 끝나자마자 쫓기듯 장원을 떠났
고, 일행은 장원 안쪽 작은 대청에 모여 앞으로의 일을 상의하기
시작했다.

"모두가 몰려가면 분명 사람들의 이목을 끌게 될 겁니다."

유왕 서리가 걱정스러운 표정으로 입을 열었다.

"그럼 나만 갈까?"

자왕 사송이 서리에게 되물었다.

그러자 불사 나왕이 고개를 저었다.

"그건 좋지 않소."

"왜 그렇게 생각하시는지……?"

"그 문양의 주인이 정말 혈월야와 연관이 있는 자라면 자왕의
출현을 예사롭지 않게 생각할 것이오. 저들의 관심을 피하려면

역시 나와 월이 가는 게 좋을 것 같소. 우리야 혈월야와 직접적인 연관이 없으니 말이오. 월의 얼굴을 알 리도 없고."

"하지만… 죽은 기녀의 행적을 추적하는 일은 역시……."

추격에 있어서는 불사 나왕보다 자신이 낮다는 의미였다.

"그렇긴 하지만……."

나왕은 역시 자왕이 전면에 나서는 것이 불안한 모양이었다. 그러자 적월이 조심스럽게 입을 열었다.

"이러면 어떨까요?"

"무슨 좋은 방법이 있느냐?"

"자왕 숙부께서 북화문의 청부를 받아 움직이는 것처럼 전면에서 움직이고 저와 사부님이 숙부님의 뒤를 좇는 것이지요."

"그 반대여야 하지 않느냐? 저들이 자왕 대협을 알아볼 텐데?"

불사 나왕이 지금까지 자신이 했던 걱정을 듣지 못했냐는 듯 다시 입에 올렸다.

"애초에 십이천문을 만든 이유가 풀을 건드려 뱀을 움직이게 하려는 것이었잖아요. 그런 의미에서 보면 숙부님의 전면에 나서는 것이 나쁜 것이 아니지요."

"음, 아예 드러내 놓고 흉수들의 관심을 끌자?"

"위험하지만 확실한 방법 아닌가요? 물론 저들이 자왕 숙부님을 알아보지 못할 수도 있고요."

적월이 단호한 표정으로 말했다.

"하긴… 가장 확실한 방법이지. 몸을 사릴 입장도 아니고……."

사송이 고개를 끄떡였다.

사송과 유왕 서리에게 혈월야의 비밀을 푸는 일은 그 무엇보다 중요했다. 자신들의 목숨보다도 먼저인 일이었다. 그러니 이 정도 위험은 충분히 감당할 준비가 되어 있는 사송이었다.

"괜찮겠어요?"

유왕 서리는 그래도 걱정이 되는 모양이었다.

"걱정 마. 어떤 일이 있어도 죽지 않을 자신이 있으니까. 불사께서 지켜보고 계실 것이고⋯⋯."

자왕 사송이 다부진 표정으로 말했다.

그러자 나왕이 말했다.

"삼중으로 준비합시다. 유왕께서는 다시 우리 뒤를 봐주시지요."

"알겠어요. 그렇게 하죠."

유왕 서리가 대답했다.

"이 정도 준비라면 충분히 모든 상황에 대처할 수 있을 테지."

자왕 사송이 고개를 끄떡이며 중얼거렸다.

십이천문의 사람들은 그날 그들에게 일어날 수 있는 여러 가지 상황들에 대한 대응책을 논의하고 늦은 밤 잠자리에 들었다.

그리고 며칠 후, 그들은 황해의 해안가에 있었다.

*　　　　　*　　　　　*

산동성의 작은 포구 소항은 밤이 되자 활기를 찾기 시작했다.

겉으로 보기에는 평범한 작은 어촌의 항구 같지만, 사실 소항은 흑상들 사이에선 유명한, 밀매업자들을 위한 항구였다.

이곳에서는 무슨 이유에선지 관의 힘이 거의 미치지 못했다. 대신 항구에 지분을 가지고 있는 자들이 만든 향회라는 모임에서 일정한 규칙을 만들어 항구의 질서를 유지하고 있었다.

그러나 기본적으로 소항은 수많은 밀매업자들이 이용하는 항구라서 큰 혈겁이 일어나지 않는 이상 자유로운 거래가 보장되는 곳이었다.

소항에서 이뤄지는 거래의 팔 할이 흑상들에 의해 이뤄지는 불법적인 거래인지라, 덕분에 거래가 시작되는 시간도 해가 진 이후가 대부분이었다.

그래서 발달한 것이 기루와 주루였다.

대부분의 거래들이 기루와 주루에서 이뤄졌고, 각 기루들은 술과 기녀를 파는 것 말고도 금전을 대여해 주거나, 혹은 흑상들 간의 거래를 보증하는 일도 해주고 있었다.

그래서 기루들 대부분이 스스로 강력한 무력을 지니고 있었는데, 혹자는 이런 역사 깊은 기루들의 형성이 아주 먼 당나라 시대부터 시작되었다고 말하곤 했다.

적월과 나왕은 그 특별한 항구의 주루 한 곳에서 불야성으로 변해가고 있는 소항의 밤풍경을 바라보고 있었다.

"이런 곳이 있을 거라고는 생각지 못했어요."

이제는 나왕과 술 한잔 나눌 수 있는 나이가 된 적월이지만, 항구 소항에 들어와서는 마치 어린아이처럼 흥분한 모습이었다.

그리고 그건 사실 나왕도 마찬가지였다. 겉으로 드러내지는 않았지만 그도 소항이라는 항구의 존재에 적지 않게 놀라고 있었다.

그는 노련한 고수였고, 천하에 가보지 않은 곳이 없는 사람이었지만 소항과 같은 기이한 항구는 처음이었다.

"관의 힘도 미치지 못하고, 그렇다고 오랜 세월 항구를 지배해 온 주인이 있는 것도 아니고… 그때그때 힘 있는 자들이 모여 항구의 기본적인 규칙들만 정한다고 하더구나."

"칼부림도 하루에 서너 차례는 일어나고요."

이미 소항이라는 항구에 대해 제법 많은 것을 알아낸 두 사람이었다.

"음… 항구가 마비될 만큼의 혈겁이 아니면 향회도 관여하지 않는다고 하고. 이상한 곳이다."

"위험한 곳이기도 하지요."

적월이 말했다.

"본래 재물이 모이는 곳은 어디나 위험한 법이란다."

나왕이 술을 한잔 걸치며 말했다.

"느낌은 그래요. 이런 곳에서는 무슨 일이라도 일어날 수 있을 것 같다는 생각이 들어요."

"그래. 유쾌한 곳은 아니지. 하지만 재미있는 곳일 수는 있을 것 같구나."

나왕의 말에 적월도 고개를 끄떡였다. 보통의 항구와는 다른 모습의 소항을 보는 것만으로도 묘한 흥미를 일으키는 뭔가가 있었다.

하지만 지금 그들은 그렇게 소항이라는 항구가 주는 이질적인 모습들을 즐길 상황은 아니었다.

"늦어지네요."

포구 소항의 이질적인 느낌에 대해 이야기하다가 적월이 갑자기 불안한 표정으로 말했다. 아마도 소항의 음습하고 괴이한 느낌이 불안감을 키운 모양이었다.

"쉽지 않은 일이다. 그래도 자왕이 하는 일이니 믿어보자꾸나."

이야기를 나누면서도 두 사람의 시선은 그들이 있는 주루 맞은편에 위치한 기루로 향해 있었다.

"히히히, 그래서 말이야. 내가 이번 거래에서 아주 큰 이득을 봤다니까? 하여간 그 왜놈들은 똑똑한 듯하면서도 세상 물정을 몰라. 그런 놈들 뒤통수치는 건 여반장이지."

자왕 사송이 기녀를 옆에 끼고 연신 술을 들이켜며 키득거렸다. 영락없이 허술한 상대를 속여 큰 이득을 본 사특한 장사치의 모습이다.

"아이, 그래도 조심하셔야죠. 왜에서 온 자들을 검을 쓰는 자들이 항상 같이 다닌다고요."

"그래 봐야 해적질이나 하는 놈들, 무서울 것도 없지. 그놈들이라고 이 소항에서 함부로 칼을 놀릴 수 있겠어?"

"하지만 이곳에선 하루가 멀다 하고 거래가 틀어진 자들끼리 칼부림이 일어난다고요."

"그래도 그놈들은 못 해. 왜냐고? 낄낄, 왜놈들이니까. 이곳에서 검을 뽑았다가는 향회에서 가만있지 않을걸? 본래 우리 중원 상인들은 다들 왜놈들을 좋아하지 않으니까."

"그렇긴 하지요. 그런데 뭘 파셨어요?"

"별거 아니야. 그저 평범한 약재들인데 그 왜구 놈들, 중원에서 부자들만 쓰는 귀한 약재라니까 좋다구나 하고 사들이더라고. 뭐, 그래도 독약은 아니니까 아주 사기 친 것은 아니고. 그래도 그 약재들은 내가 직접 사천에서 가져온 것이거든."

사송이 다시 술을 들이켜며 말했다.

"아, 사천까지요?"

"음, 사천에는 귀한 약재들이 많이 나지. 일 년 정도를 기한으로 사천까지 가서 약재들을 구한 후 동쪽으로 오면서 장안이나 개봉 등 대도의 약재상들에게 상품의 약재를 판 후, 이곳에서, 흐흐… 남은 하품의 약재들을 이런 식으로 처리하는 거지."

"아유, 못됐다. 그래도 타국에서 온 사람들인데."

"어라, 요것 봐라? 알 것 다 알면서 순진한 척을 하네? 이 녀석아, 세상의 모든 장사치들은 모두 사기꾼이라고. 설마 그걸 모르진 않겠지?"

"물론 그렇긴 하죠. 특히 이 소항에 오는 상인들이라면 십중팔구 그렇지요. 이곳에선 속는 놈이 바보죠."

기녀가 고개를 끄떡였다.

"맞아. 자주 오는 곳은 아니지만 그래서 난 이 소항이 마음에 들어. 재주껏 이득을 챙길 수 있는 곳이니까. 뒤탈도 거의 없고… 순진한 사람은 버티기 힘든 곳이지만."

"맞아요. 우리 같은 기녀들도 이곳에서는 정신 바짝 차려야 하죠. 금자가 많이 돌긴 하지만 위험하기도 하니까요. 순진한 아이들은 한 달도 버티지 못하고 울면서 이곳을 떠나요."

"하아, 기녀들도 그렇군."

사송이 몰랐던 사실이라는 듯 짐짓 놀란 표정을 지었다.

"뭐, 우리라고 다를 줄 아셨어요?"

"그런 것은 아니지만… 사실 내가 작년 봄인가 이곳에 왔을 때 이곳에서 한 기녀 아이를 만났는데, 워낙 순진해서 이 망향루의 기녀들은 좀 다른가 했지. 그 아이는 아주 특별한 느낌이었거든. 그런데 오늘 네 녀석을 보니 그것도 사람마다 다른 모양이구나."

사송의 말에 그를 상대하던 기녀가 샐쭉한 표정을 지었다. 그러면서 퉁명스럽게 물었다.

"대체 대인께서 만난 아이가 누군데 그런 말씀을 하는 거죠?"

"말하면 알고?"

"그럼요. 이래 봬도 제가 이곳에서 삼 년째예요. 이곳에 있는 기녀들 중 얼굴을 모르는 아이는 없다고요. 하물며 한 기루에 있는 기녀를 모르겠어요?"

"음, 듣고 보니 그도 그렇군. 하지만 당시 그 아이는 곧 기녀 생활을 그만둘 것처럼 말해서 지금은 없을 것 같은데? 그래서 그 아이를 찾지 않은 거고."

"글쎄, 그 계집이 누구냐니까요?"

"보자… 이름이 잘 기억나지 않는데. 그 뭐랬더라? 아! 주향, 주향이라고 했지. 이 포구의 이름과 비슷하다고 놀렸던 기억이 나네. 알아?"

자왕 사송이 기녀에게 물었다.

그런데 그 순간 기녀의 표정이 살짝 변했다. 그러나 기녀는 금세 다시 본래의 얼굴빛을 회복하고는 이내 고개를 끄떡였다.

"그 아이라면 대인께서 그렇게 생각하실 만하죠."

"아네? 아직 있어?"

"왜요? 있으면 부르시려고요?"

"아, 뭐……."

자왕 사송이 말꼬리를 흐렸다.

"흥, 정말 이상한 분이셔. 비록 술 파는 계집들이지만 기녀들에게도 상도가 있다고요."

"무슨 말이야?"

"마음대로 기녀를 바꾸고 그러는 건 아니라는 말이죠. 제가 그리 박색도 아닌데."

기녀가 몹시 기분이 상한 표정으로 말했다.

"아니, 누가 널 나가라고 했느냐? 그냥 그 주향이라는 아이가 있으면 얼굴이나 잠깐 볼까 한 거지."

사송이 변명하듯 말했다.

그러자 기녀가 지그시 눈을 내리뜨고 사송을 보며 물었다.

"설마……."

"설마 뭐?"

"하룻밤 보냈어요?"

"주향이란 아이와?"

"예."

기녀가 호기심 섞인 표정으로 물었다.

"아니, 그러고 싶긴 했는데 그때 그 아이가 달거리를 한다고 해서……."

"그럼 그렇지. 주향이 손님과 잠자리를 할 리 없지. 특히 그때는……."

기녀가 자신의 예상이 틀리지 않았다는 듯 고개를 끄떡였다.

"그때는 뭐?"

"아, 아니에요. 아무튼 꿈 깨셔야겠어요."

"그건 또 무슨 소리야?"

사송이 의아한 표정을 지으며 물었다.

"주향은 이제 이곳에 없다고요. 그러니 아무리 보고 싶어도
보실 수가 없네요. 아이구, 불쌍해서 어떡하나? 우리 대인님!"

기녀가 사송의 팔짱을 끼며 그를 놀려댔다.

"제길, 없으면 마는 거지. 불쌍할 건 또 뭐야?"

"하긴 그러네요. 하룻밤 술시중 든 기녀 없다고 불쌍할 건 없
지요. 아무튼 주향은 잊어버리세요. 제가 잘해 드릴게요."

기녀가 더욱 살갑게 사송의 팔을 잡아끌었다.

"허엄, 알았어. 알았다고. 네가 싫다는 소리는 아니었어. 단지
그때 생각이 나서 그랬던 거지. 그런데 결국 그만두었군."

"본래 기녀 생활이 어울리지 않는 아이였어요."

이때만큼은 기녀도 정색을 하며 말했다.

"그래?"

"그럼요. 본래 기녀들은 재물이나 몸단장 뭐 이런 데 관심이
있게 마련인데 그 아이는 조금 달랐어요."

"어떻게 달랐는데?"

"음… 마치 누군가를 기다린다고나 할까? 어느 날 하늘에서
누군가 툭 떨어져 이 비참한 기녀 생활에서 자신을 구원해 줄
거라는 그런 생각으로 사는 아이 같았어요. 그래서 그 사람에

계……"

말을 하다 말고 기녀가 입을 닫았다.

"그 사람이라니 누구?"

사송이 놓치지 않고 말꼬리를 붙들었다.

"아이, 이제 주향 이야기는 그만해요."

기녀가 사송의 몸에 자신의 몸을 부비며 아양을 떨었다.

"에이, 갑자기 말을 끊으면 어떡해. 난 궁금한 건 참지 못하는 성미라고. 뒷간에서 중간에 끊고 나온 것처럼 찜찜해서 말이야."

사송이 화가 난 표정으로 말했다.

사송의 기분이 상한 듯하자 기녀가 얼른 목소리를 낮추며 말했다.

"그 이야기는 우리 망향루에서는 금지된 이야기란 말이에요."

"본래 그런 이야기가 더 재미있는 법 아니냐? 그런데 그럼 주향은 어떤 사내를 쫓아간 거냐?"

사송이 다시 기녀 주향의 이야기를 꺼내 들었다. 사실 사송은 이미 기녀 주향에 대해 알 만큼은 알고 있었다. 북화문주에게 들었던 이야기의 대부분이 그녀에 관한 것이기 때문이었다.

하지만 북화문주 담교언이 알고 있는 것들은 망향루주를 통해 보고된 것들, 기녀들끼리는 위에 알리지 않은 사실들이 전해졌을 수도 있었다.

"그렇다고 봐야죠."

어쩔 수 없다는 듯 기녀가 고개를 끄떡였다.

"아주 대단한 사람이었던 모양이지? 주향이가 원하던 구원자라면. 어디 큰 성의 성주 아들이라도 되나?"

"에이, 그런 게 아니에요."

기녀가 즉시 고개를 저었다.

"그런 게 아니라니? 그럼 부잣집 아들인가?"

"아, 글쎄, 그런 사람이 아니라니까요?"

기녀의 목소리가 커졌다.

"제길, 높은 관리의 아들도 아니고, 부잣집 아들도 아니라면 대체 어떤 자가 주향이를 데려갔다는 거냐?"

"흥, 우리가 비록 기녀이지만 돈과 권력에만 팔려 다니는 사람들은 아니에요."

"세상에 그 두 가지 말고 중요한 게 뭐가 있는데?"

사송이 퉁명스럽게 물었다.

"후우… 대인께서는 장사를 하시니 그 두 가지가 가장 중요하겠지요. 하지만 사람마다 중요한 건 달라요. 주향이 따라간 사람은 가난한 학사였다고요."

"가난한 학사? 글쟁이라고?"

"예."

기녀가 고개를 끄떡였다.

"흐흠… 이제 알겠군. 이제 보니 주향 그 어리고 순진한 아이를 번지르르하게 생긴 글쟁이 놈이 꼬여 간 것이군. 본래 어린 여자아이들은 그런 놈들에게 혹하게 마련이지. 하지만 장담하건대 주향은 곧 돌아올 거야. 그런 놈들은 한 달만 살아봐도 밑천이 드러나거든. 가난을 무슨 벼슬처럼 생각하면서 처자식 고생이나 시키는 학사란 놈들은……."

"주향은 돌아오지 않을걸요?"

"아이고, 너도 아직 세상을 모르는구나. 남녀 간의 사랑이라는 것도 배가 불러야 할 수 있는 거야."

"주향이 학사 온고 님을 따라간 것은 사랑 때문이 아니에요. 그분에게 세상의 이치를 배우러 따라간 거죠. 온고 님은… 솔직히 말하면 무척 훌륭한 분인 것 같았어요."

"너도 알아?"

사송이 물었다.

"두어 번 뵈었어요."

"제길, 무슨 학사란 놈이 기루에 그렇게 자주 들러? 그것도 기녀를 바꿔가면서."

사송이 마음에 들지 않는다는 듯 욕설을 해댔다.

"기루에서 그분을 뵌 것이 아니에요."

"엥? 그럼?"

"그분은 기녀들에게 글을 가르쳐 주셨어요. 사실 기녀들 중에는 글을 모르는 아이들도 많거든요. 돈 많고 권력 있는 손님을 받으려면 글을 알아야 하기에 기녀들이 글 선생을 찾는 것은 그리 이상한 일이 아니에요. 그분도 그런 글 선생 중 한 분이었는데 다른 글 선생들하고는 아주 다른 분이셨죠."

"어떻게 달랐는데?"

사송이 물었다.

"보통의 글 선생들은 글줄이나 읽는다고 거들먹거리면서 기녀들의 금품이나 우려내고 혹은 몸을 탐하기도 하거든요. 그런데 그분은 글값도 받지 않았고, 기녀들의 몸을 탐하지도 않았어요. 또한, 기녀들에 대한 깊은 동정심이 있으셨지요. 그리고……"

"그리고 또 뭐? 더 잘난 게 있어?"

사송이 기녀가 학사 온고란 자를 칭찬하는 것이 못마땅하다는 표정으로 물었다. 그러자 기녀가 목소리를 낮추며 말했다.

"그분께서는 기녀들에게 몸이나 파는 천한 일 말고 더 가치 있는 일을 하라고 가르치셨어요. 자신이 그 길을 열어줄 수 있다고 하시면서……."

"제길, 제대로 된 사기꾼이군. 그러니까 주향이 그 말에 넘어가 이곳을 떠났다는 거지?"

"흥, 그분이 사기꾼인지 아닌지 어떻게 알아요. 주향이나 당시 그분을 따라간 기녀들이 돌아오지 않은 것을 보면 분명 그분께서 그 아이들에게 새로운 길을 열어주셨을 거예요."

기녀는 학사 온고를 신뢰하는 듯 보였다.

물론 그건 주향의 죽음이 이들 기녀들에게 알려지지 않았기 때문일 것이다.

북화문에서는 자신들이 발견한 기녀 주향의 죽음을 기녀들에게는 알리지 않았다. 그래서 망향루의 기녀들은 주향 등 사라진 기녀들이 어디선가 잘살고 있을 거라 믿고 있는 것이다.

"그런데 대체 그자를 처음에 어떻게 알게 된 거야? 본래 이곳에 있던 놈은 아닌 것 같은데?"

사송이 넌지시 물었다.

그러자 기녀가 화가 난 표정으로 말했다.

"보지도 않은 사람에게 놈, 놈 하지 마세요. 그렇게 욕설을 들을 분은 아니었어요. 애초에 우리가 그분을 알게 된 것도 그분이 죽어가던 묘선 언니를 살려주셨기 때문이라고요."

"제길, 묘선 언니는 또 누군데?"

사송이 물었다.

"포구 남쪽에 있는 이월루라는 기루에서 십 년 넘게 기녀 생활을 하다 몸에 병이 들어 기루에서 쫓겨난 언니예요. 포구 외곽 움막에서 죽어가던 것을 학사님이 살려주셨지요."

"그래? 허험, 거참 대단한 사람이군. 의술도 뛰어난 모양이야?"

"의술뿐인가요? 고금의 학문에 통달하시고, 천문에도 밝으셨어요. 기녀들의 사주를 보아주실 때는 단 한 번도 틀리지 않았다고요."

"사주? 그런 것까지? 야, 참 재주 많네. 나도 한 번 만나봤으면 좋겠구먼."

사송이 말하자 기녀가 고개를 저었다.

"이젠 소용없어요. 기루의 루주들이 작당을 해서 그분을 쫓아냈으니까요. 기녀들에게 나쁜 물을 들인다고……."

확실히 사람은 처해 있는 상황에 따라 세상을 보는 눈이 다른 법이다.

북화문주 등 주루를 운영하는 사람들은 온고라는 자가 기녀들을 꾀어내 다른 곳으로 빼돌렸다고 생각하고 있었지만, 기녀들은 오히려 루주들이 그를 소항에서 쫓아냈다고 생각하고 있었던 것이다.

"그래? 아쉽구먼. 그럼 그 묘선이라는 여인도 떠났겠구먼."

"그렇죠. 뭐… 그런데 지난번에 합비에 다녀온 아이가 그곳에서 묘선 언니와 닮은 사람을 봤다고 하더라고요. 거기서도 글방을 연 것 같다고. 어멋! 아이 참, 나도 모르게 그 이야기까지 했네. 대인, 이 말은 못 들은 걸로 해주세요. 소항의 루주들이 알게 되면 사람을 보내 학사님과 이곳을 떠난 아이들에게 해코지를 할 수도 있으니까요? 그래주실 거죠?"

기녀가 사송의 옷자락을 잡으며 사정했다.

"흐흠, 뭐, 그러지. 나도 다른 사람 인생에 깊이 관여하고 싶은 생각은 없으니까. 어허, 그런데 좀 취하네. 난 그만 가봐야겠다."

"주무시지 않고요?"

기녀가 서운한 표정으로 물었다.

"내가 말이야. 사실 술을 먹으면 사내 구실을 못해서. 히히히!"

사송이 능구렁이처럼 말하고는 자리를 털고 일어났다.

긴 이야기 끝에 듣고 싶은 말을 들었으니 더 이상 기녀와 수다를 떨 이유는 없었던 것이다.

제2장
흔적

　사송이 망향루를 벗어난 후에도 나왕과 적월은 제법 오랫동
안 주루를 떠나지 않고 망향루를 살폈다. 사송이 나온 이후 그
를 상대했던 망향루의 기녀가 혹시라도 특별한 움직임을 보일
수 있었기 때문이다.

　물론 이런 생각은 지나친 기우라고 할 수 있었다. 망향루는
북화문의 세력 안에 있는 기루였다. 개봉의 기루들처럼 북화문
이 직접 운영하는 기루는 아니어도, 북화문의 힘에 의지하고, 북
화문주 담교언의 뜻에 따라 기루의 운영이 좌우될 정도로 북화
문의 영향력이 큰 기루였다.

　그런 곳의 기녀가 흉수들의 첩자이기는 쉽지 않았다. 그러나
일 푼의 가능성이 있어도 조심할 수밖에 없는 상황이라 나왕과
적월은 한동안 망향루를 주시하고 있었다.

다행인지 사송이 떠난 지 반시진이 지날 때까지 망향루에선 의심스러운 움직임이 없었다.

"그만 갈까요?"

망향루를 살피던 적월이 나왕에게 물었다. 이미 자정에 이른 깊은 밤이었다.

"그러자꾸나. 다행이 자왕을 의심한 사람은 없는 모양이다."

"그런 것 같아요. 아무 움직임이 없으니."

"일단 가서 자왕 대협을 만나보자꾸나."

불사 나왕이 먼저 자리에서 일어났다.

자왕 사송은 제법 화려한 객방의 창을 열고 물끄러미 북쪽 산봉우리를 바라보고 있었다. 해안가에 서 있는 산이 그리 높을 리 없지만 그래도 어둠 속에서 확연히 보일 정도로 날카로운 봉우리를 지닌 산이었다.

"가봐야 하나, 말아야 하나?"

사송이 혼잣말을 중얼거렸다. 그런데 그때 그가 내다보고 있는 창 위쪽 지붕에서 적월의 목소리가 들렸다.

"어딜요?"

"왔느냐?"

자왕 사송이 반가운 표정으로 되물었다.

"으챠!"

사송의 반문에 대답하는 대신 적월이 처마 밑에 매달리는 듯하다가 홀쩍 창문 안으로 들어왔다. 그 뒤를 따라 불사 나왕 역시 소리 없이 부드러운 움직임으로 객방으로 들어왔다.

"어서 오시오."

자왕 사송이 불사 나왕을 반갑게 맞았다.

"망향루의 움직임을 좀 더 살펴보느라 늦었소이다."

"그러리라 짐작하고 있었소. 그래, 특별한 움직임은 없더이까?"

"걱정할 것은 없는 것 같았소."

"음, 다행이군. 그 아이, 괜찮은 아이인 듯해서 손을 써야 하면 어쩌나 걱정했는데."

아마도 망향루에서 자신을 상대했던 기녀를 두고 하는 말 같았다.

"그래, 자왕께서는 성과가 좀 있으셨소?"

이번에는 불사 나왕이 물었다.

그러자 사송이 고개를 끄떡였다.

"듣고 싶은 말을 듣고 왔소이다. 그 학사 온고란 자의 행적을 찾을 수도 있을 것 같소."

"기녀가 그의 행방을 알고 있었소?"

학사 온고의 존재는 불사 나왕이나 적월 역시 알고 있었다. 화명과 수월을 통해 들은 이름이기 때문이다.

"그의 행방은 아닌데 그를 따라 기루를 떠난 기녀 중 한 명이 합비에 있는 것 같다고 하더구려."

"합비라… 다시 기루에 말이오?"

"그건 아닌 것 같소. 그녀는 학사 온고란 자와 항상 붙어 다니는 사이라고 하더구려."

"음… 괜찮은 단서군."

나왕이 고개를 끄떡였다.

그러자 사송이 다시 입을 열었다.

"그래서 고민 중이었소이다. 저 산에 올라가 보고 합비로 가야 할지 아니면 그냥 합비로 가 그 기녀를 찾아봐야 할지……."

"기녀 주향이 죽은 지가 이미 여러 달 전이오. 지금 저 산에 올라 그녀가 죽어 있던 장소를 찾아본다고 특별한 단서가 나오겠소?"

나왕이 불필요한 일이 아니냐는 듯 물었다.

그러자 자왕 사송이 말했다.

"어떤 흔적을 찾기 위함이라기보다는 지형을 살피기 위함이지요."

"지형을요?"

나왕이 되물었다.

"그렇소이다. 당시 기녀 주향은 화명과 수월 여협을 만나기로 했다고 했소. 그 전에는 행방이 묘연한 상태였고 말이오. 그렇다면 분명 그 근방 어딘가에 비밀스러운 장소가 있다는 의미일 거요. 그녀가 죽은 곳에서 지형을 살피면 그녀가 어느 방향에서 왔을지 짐작할 수 있을 것이오. 약속 장소를 정한 것도 그녀라니 아마도 죽은 그곳이 그녀가 몰래 나오기에 가장 적당한 장소였을 것이오. 그런 식으로 추론해 가면……."

사송이 자신의 생각을 자세하게 설명했다.

"음, 그렇게도 생각할 수 있는 일이구려. 과연 자왕이시오. 난 거기까지는 미처 생각지 못했소이다. 기녀 주향이 왔을 만한 곳을 찾아보면 흉수의 꼬리를 잡을 수도 있겠구려."

나왕이 고개를 끄떡였다.

"그럼 가보면 되잖아요?"

적월이 뭐가 문제냐는 듯 물었다.

"주향이 그곳에서 죽었다는 것은 흉수들이 그곳을 시야에 두고 있을 수도 있다는 의미다. 그러니 내가 그곳에 가면 흉수들의 눈에 띌 수 있다. 물론 아무런 단서가 없다면 일부러 그들의 눈에 띄어 그자들을 불러내는 것도 한 방법이다. 그러나 지금은 합비에서 학사 온고를 찾을 수도 있는 상황이니 굳이 지금 나의 존재를 노출할 필요가 있을까 그걸 고민하고 있었던 거다."

"그렇군요. 제가 생각이 짧았어요. 그럼 어쩌죠?"

적월이 나왕과 사송을 번갈아 보며 물었다.

그러자 나왕이 사송에게 말했다.

"일단 먼저 합비로 갑시다. 가서 학사 온고란 자를 찾아보고 그 일이 실패하면 그때 다시 이곳으로 돌아옵시다. 우리 자신을 노출하는 일은 어쨌든 최후의 수단이어야 하지 않겠소?"

"불사께서 그리 생각하신다면 그렇지요. 사실 나도 벌써 우리 존재를 노출하는 것은 조금 이르다고 생각하고 있었소이다."

사송이 순순히 나왕의 의견에 동의했다.

"그럼 그렇게 알고 우린 돌아가 보겠소."

"허어, 이거 참 술 한잔 못 하고……."

사송이 아쉬운 표정으로 말했다.

"일이 중요하니 술은 나중에 합시다."

나왕이 가볍게 미소를 지었다.

"알겠소이다. 소요야, 사부님을 잘 모시거라."

사송이 적월을 보며 당부했다.

"알겠습니다. 숙부님도 조심하세요."

"오냐. 알겠다. 그럼 불사, 합비에서 보십시다."

사송이 불사 나왕에게 작별을 고했다.

"그럽시다. 그럼!"

나왕이 가볍게 고개를 끄떡이고는 훌쩍 몸을 날려 자신이 들어왔던 객방 창문으로 사라졌다. 뒤를 이어 적월 역시 순식간에 객방에서 자취를 감췄다.

*　　　　*　　　　*

고도(古都) 합비는 오래전부터 북방의 이민족이 강남을 침범하려 할 때면 언제나 그 마지막 방어선 역할을 하곤 했던 곳이라, 중원의 어느 성보다도 단단한 성벽을 가지고 있었다.

더불어 평화로운 시기에는 교통의 요지여서 사람들이 몰려드는 대도이기도 했다.

성벽에 오르면 번성한 시전과 여러 갈래의 물길이 이어져 작은 상선들이 오가는 모습이 그림처럼 펼쳐진다.

나왕과 적월은 성벽의 한쪽 귀퉁이에 올라앉아 있었다. 성 밖 풍경은 한가로웠지만, 성 안쪽 시전에서는 시끄러운 장사꾼들의 외침이 끊임없이 들려왔다.

나왕과 적월은 그 시전의 한곳을 주시하며 성벽에 오르기 전에 사온 만두로 요기를 하고 있었다.

"술이라도 한 병 사올 걸 그랬군."

꾸역꾸역 만두를 삼키며 나왕이 중얼거렸다.

"물 드려요?"

적월이 수통의 물을 건넸다. 그러자 나왕이 수통을 받아 물을 술처럼 들이켰다.

"쩝… 그래도 역시 술이 있어야……."

수통에서 입을 떼며 나왕이 고개를 저었다.

"다음에는 꼭 준비할게요."

적월이 미소를 지으며 말했다.

"아, 뭐 네가 잘못했다는 건 아니고. 생각보다 오래 걸리는군."

나왕이 시전 아래쪽으로 이어진 길을 보며 말했다.

길옆으로는 성내에서 사용한 하수들이 나오는 지저분한 하수구가 있었는데, 그 하수구를 따라 가난한 자들이 모여 사는 움막들이 줄지어 있었다.

"참 이상한 사람이죠?"

적월이 말했다.

"누구 말이냐?"

"그 학사 온고라는 사람이요."

"그자가 왜?"

"그동안 조사한 바에 의하면 학식이 깊고, 마음이 순해 가난한 하층의 사람들에게 글을 가르치고, 치료도 해주고, 좋은 일들을 많이 하잖아요."

"그런데?"

"그런 사람 주변에 죽음의 기운이 있다는 것이……."

그동안의 조사에 의하면 학사 온고는 성인으로 불려도 될 만

큰 선행을 하는 사람이었다.

가난한 사람들의 병을 치료해 주고, 글을 모르는 자들에게는 글을 가르쳐 주었다. 그에게 은혜를 받은 사람들의 말로는 항상 화를 내는 법이 없는 온화한 성품이라고도 한다.

그런데 정작 적월과 나왕 등은 그의 주변에서 죽음의 냄새를 맡고 있었다.

그에 대한 사람들의 평판을 생각하면 이상한 일이 아닐 수 없었다.

"밝음 속에 어둠이 있고, 어둠 속에 밝음이 있는 것이 세상의 이치다. 그의 선행이 그의 본성을 가리는 가면일 수도 있는 게지."

"정말 그럴까요?"

"어쨌든 혈월야와 연결이 된 흔적이 발견되었다. 그건 결코 그가 밝은 쪽의 사람만은 아니라는 증거다."

나왕이 확신하듯 말했다.

"그렇기는 하지요."

적월도 그 말은 인정할 수밖에 없다는 듯 고개를 끄덕였다.

그런데 그때 문득 나왕이 손에 든 만두를 내려놓았다.

"가야 할 것 같구나."

나왕의 말에 적월이 시선을 돌려보니 빈민가 아래쪽에 있는 허름한 건물에서 자왕 사송이 왜소한 체구를 드러내고 있었다.

"다행히 아무 일 없었네요."

적월이 안도하듯 말했다.

"그건 지금부터 두고 봐야지."

나왕이 말을 하면서 걸음을 옮기기 시작했다.

낡은 판자로 얼기설기 만든 오두막을 나온 사송이 걸음을 빈민가 위쪽으로 이어진 시전으로 돌렸다.

단지 몇십 장 사이를 두고 아래쪽은 하루 한 끼 배를 채우기 힘든 사람들이, 위쪽은 비단 장삼에 한 끼에 금자 한두 냥은 너끈히 쓸 만큼 부유한 사람들이 살고 있었다.

밤과 낮처럼 그렇게 명료하게 갈려진 이 두 세계의 사람들은, 그러나 마치 그것이 처음부터 그들에게 주어진 운명인 것처럼 특별한 분란 없이 공존하고 있었다.

시전을 향해 걸음을 옮기던 사송은 그 두 세계의 경계선이 되는 작은 석교 위에서 걸음을 멈췄다.

그리고 석교 아래로 흐르는 지저분한 개울물을 내려다보며 잠시 휴식을 취하는 듯 보였다.

그러나 자세히 보면 그는 개울물을 바라보는 것이 아니라 그 개울로부터 십여 장 떨어진 곳에 위치한 작은 초가집을 응시하고 있었다.

그리고 천부적으로 타고난 청력으로 그 초가집에서 흘러나오는 여인들의 글 읽는 소리를 듣고 있었다.

초가야말로 여러 번의 탐문 끝에 알아낸, 학사 온고란 자가 기녀 묘선의 도움을 받아 합비에 새롭게 마련한 글방이었던 것이다.

"오늘, 아니면 내일? 제길, 기약 없는 기다림이 되겠군. 그래도 뭐, 끈기라면 자신 있으니까. 그나저나 소요 녀석이 지루해하겠군."

자왕 사송이 잠깐 시선을 돌려 시전 안쪽의 객잔 한 곳을 바라보며 중얼거렸다. 그곳에 나왕과 적월이 묵고 있었다.

나왕과 적월은 처음 약속대로 사송과 일정한 거리를 두고 사송의 뒤를 따르고 있었다. 물론 다시 그 뒤에는 유왕 서리와 공예가 있었지만, 자왕 사송조차도 그녀들이 어디에 있는지는 알지 못했다.

아무튼 그렇게 셋으로 찢어진 십이천문 고수들의 머리는 언제나 사송이었다. 그런데 그 사송의 움직임이 이 다리 위에서 멈추게 된 것이다. 그것도 언제 움직일지 기약이 없었다.

학사 온고란 자를 따르는 기녀 묘선이 열었다는 글방에 온고란 자가 있는지조차 지금은 확인할 수 없었다. 사송의 두 눈으로 그를 본 적이 없었기 때문이다.

그렇다고 무턱대고 글방으로 쳐들어가 온고란 자를 찾을 수도 없었다. 그랬다가는 온고란 자가 자취를 감출 수도 있고, 혹은 반격을 받을 수도 있었다.

일단 가장 중요한 것은 온고란 자를 찾는 것, 그리고 그 자가 과연 혈월야의 단서인 일곱 개의 불꽃 문양이 수놓인 천 조각과 관련이 있는지 알아보는 것이었다.

그러려면 결국 인내심이 필요하다.

사송은 시간을 얼마나 보내든지 학사 온고란 자가 스스로 모습을 드러낼 때까지 기다릴 참이었다. 그래서 그의 존재를 확인하면 또 며칠 동안 그의 뒤를 밟아 그의 정체를 알아볼 생각이었다.

만약 그가 세상에 알려진 대로 그저 선행을 업으로 삼는 학사일 뿐이라면 일곱 개의 불꽃 문양에 대해 알 리도 없을 것이고, 그 문양에 대한 조사는 다시 포구 소항으로 돌아가 새롭게 시작해야 할 것이다.

하지만 학사 온고가 세상에 알려진 것과 달리 비밀스러운 무리들과 접촉을 하거나 혹은 사람들의 눈을 피해 엉뚱한 짓을 한다면, 그때는 분명 기녀 주향이 죽으며 움켜쥐고 있던 일곱 개의 불꽃 문양 천 조각과 관련이 있을 수 있었다.

그래서 학사 온고의 정체가 중요했다.

오늘이 그의 정체를 알아내기 위한 기다림의 첫날이었고, 벌써 반나절이 흐르고 있었다.

"후우……."

사송이 가볍게 한숨을 내쉬었다.

아무리 끈기가 좋은 사송이라도 말벗 하나 없이 홀로 누군가의 움직임을 기다리는 것은 결코 쉬운 일이 아니었다.

물론 그는 사람들의 관심을 끌지 않기 위해 가끔 시전 쪽으로 가 다루에 머물기도 하고, 혹은 반점에 들러 요기를 하기도 했다. 하지만 결국 그가 움직이는 반경은 이 돌다리에서 삼십여 장을 벗어나지 않았다.

그러니 사송도 지쳐가지 않을 수 없었다.

"잘 지내고 있을까?"

혼자 있는 시간이 길어지니 이런저런 상념이 떠오르게 마련이고, 그중 사송의 머릿속에 가장 많이 떠오르는 것은 곤륜에서 헤어진 화명에 대한 생각이었다.

그 지독한 패륜의 가문 속에서 도망치듯 떠나온 그였지만, 그 래서 당시에는 화명에 대한 미련도 그리 크지 않다고 생각했지 만, 막상 시간이 지나고 보니 생각보다 화명에 대한 그리움이 적 지 않은 사송이었다.

그래서 요즘은 가끔 화명을 데리고 나올 걸 그랬나 하는 후회 도 생길 정도였다.

그러나 다시 생각하면 화명을 데리고 나와 그녀와 인연을 맺 는 순간, 그 독한 그녀의 어머니 서유화와도 인연을 맺게 되는 것이라는 생각에 등골이 서늘해지곤 했다.

"그래. 헤어진 것이 잘한 일이야."

사송이 고개를 저으며 자신의 판단이 옳았음을 스스로에게 설득시켰다.

그러면서도 허망한 눈빛을 한 채 고개를 들어 서쪽 하늘을 봤 다. 어느새 석양이 하늘을 벌겋게 물들이고 있었다.

"밤에는 좀 낫겠지."

기다리는 자에게는 낮보다 밤이 나은 편이다. 무슨 일인가 일 어날 것 같은 긴장감도 있고, 또 어둠 속에서 움직임도 자유로운 편이기 때문이다.

사송은 그렇게 다리 위에서 어둠을 기다렸다. 그리고 어김없 이 밤이 찾아왔다.

오랜 기다림은 언제나 그만한 대가를 가져다준다.

"여섯이라… 적지 않군."

밤이 되자 초가에서 여섯 명의 여인들이 문을 열고 나왔다.

초가를 나선 그녀들이 나직하게 중얼거리며 석교 쪽으로 이동했다.

사송은 산책을 나온 여행객처럼 석교 위를 어슬렁거리면서 여인들이 지나가기를 기다렸다.

"아, 오늘은 또 어떻게 보내지?"

여인들이 석교에 이르자 그녀들의 목소리가 또렷하게 들렸다.

"그러게 말이야. 정말 이 생활 지겨워."

다른 여인이 맞장구를 쳤다.

"학사님 말씀대로 이 생활 때려치우고 다른 길을 가볼까? 마음만 먹으면 학사님이 주선해 주신다고 하잖아?"

"하지만 벌이가… 난 먹여 살려야 할 가족이 있어. 동생들이 아직 어리고."

"후우, 하긴 나도 마찬가지네. 기녀 노릇 그만두는 게 쉬운 게 아니네. 내 한 몸이라면 모를까. 딸린 식구들이 있으니."

대답을 한 기녀가 길게 한숨을 쉬었다.

그러자 다른 여인이 말했다.

"그나마 학사님을 만나서 얼마나 다행이니. 우리 같은 팔자에 글공부도 하고, 좋은 말씀도 듣고… 또 원한다면 다른 길을 열어 주겠다고 하시니까."

"이향 언니 소식 들었어?"

"응, 묘선 언니 말로는 아주 잘 지내고 있다고 하더라고. 물론 부귀영화를 누리는 것은 아니지만… 채마 밭 일구고 글도 읽으면서 말이야."

"잘된 일이야. 계속 기루에 있었으면 아마 지금쯤……."

"그러게. 병이 깊었으니까. 아, 정말 나도 그렇게 살고 싶다."

지분 냄새가 코를 찔렀다.

사송은 자신을 지나쳐 가는 여섯 명의 기녀들을 슬쩍 돌아봤다. 기루로 돌아가는 얼굴에는 삶의 무게가 가득하지만, 그러면서도 한편으로는 뭔가 생기가 느껴지는 듯 보였다.

기루의 여인들에게 글을 가르치는 것은 낮에만 가능한 일이었다. 기루란 곳이 밤에는 손님을 받아야 하는 곳이므로 기녀들은 낮에 시간을 낼 수 있었다. 그나마 쉴 수 있는 시간을 포기해야 가능한 일이지만.

"따라가서 한 명을 붙들고 물어볼까?"

사송이 고민했다. 하지만 이내 고개를 저었다.

"위험한 일이지. 그리고 그자가 속내를 숨기고 사는 자라면 저 여인들이 그 실체를 알 리도 없겠고."

사송이 기녀들을 따라가는 것을 포기하고 다시 초가로 시선을 돌렸다. 어느새 초가에는 불이 밝혀져 있었다.

사송이 잠시 주변을 살핀 후 훌쩍 몸을 날렸다. 그러자 그의 몸이 순식간에 석교 위에서 사라졌다.

"모두 돌아갔느냐?"

촛불 그림자가 어른거리는 초가 안에서 나지막한 목소리가 흘러나왔다. 부드러운 음색을 지닌 사내의 목소리다. 목소리만으로 나이를 정확히 알 수는 없지만 대력 서른 중반은 됨 직해 보였다.

"네, 학사님!"

이번에는 여인의 대답이 들렸다.

"그래, 묘선아. 네가 보기에 개중에 기루를 떠날 아이가 있어 보이더냐?"

"두어 명은 고민을 하는 것 같습니다."

"누구냐?"

"청란과 야선이 마음이 있는 듯했습니다. 더군다나 다른 아이들과 달리 매여 있는 식솔도 대단치 않고……."

"청란과 야선이라. 좋은 자질을 가지고 있지. 그럼 다음번에는 두 아이만 따로 시간을 만들어보거라."

"예, 학사님."

묘선이라 불린 여인의 공손한 대답이 들렸다.

"좋아. 그럼 난 오늘 잠시 외출을 해야겠구나."

"언제 돌아오시는지요? 혹, 내일은 글공부를 접을까요?"

"음… 보자. 그래, 그게 좋겠구나. 어쩌면 오늘 밤 안으로 돌아오지 못할 수도 있으니까."

"알겠습니다. 학사님!"

다시 묘선의 공손한 대답이 들린다.

그러자 학사라 불린 사내의 부드러운 목소리가 이어졌다.

"그래 너의 경전(經典) 공부에는 성과가 좀 있느냐?"

"너무 난해하고 어려워서… 그래도 사람이 갖은 고난과 어려움을 이기고 도를 깨우치면 신의 경지에 이를 수 있다는 말씀이라는 것은 알겠습니다."

"잘 이해했구나. 그것이 바로 본 교 교리의 뿌리다. 극고의 수련을 통해 인신(人神)의 경지에 이르는 것, 그리하여 세상의 가난하고 착취받는 중생을 구제해 모두가 신화(神化)의 삶을 사는 것이 본 교의 목표다. 그러니 당장은 힘들어도 경전에 따라 수련하고 행동하는 것을 멈추지 말거라."

"알겠습니다. 그런데……."

묘선이 망설이듯 말꼬리를 흐렸다.

"말하고 싶은 게 있느냐?"

"소녀는 언제쯤 큰 스승님들을 만나뵐 수 있을까요?"

"뵙고 싶으냐?"

"네, 그렇습니다."

"하긴 너도 본 교의 일을 한 지 벌써 여러 해 되었으니 큰 스승님들을 뵐 자격은 있지. 하지만 서둘지 말거라. 큰 스승님은 나조차도 뵙기 힘든 분들이다. 하지만 혹시 기회가 되면 반드시 널 인사시키겠다."

"감사합니다, 학사님!"

묘선의 감격에 겨운 목소리가 들린다.

"그러나 당장은 아니다. 그분들이 행적은 스승들께서도 알 수 없으니까. 사실 소항에서 일이 잘 끝났으면 그때 기회가 있었을 텐데. 아쉬운 일이다."

"죄송합니다. 그때는 소녀가 실수를……."

"무슨 말을. 그게 어찌 네 실수냐? 우리 모두의 실수지. 설마 망향루가 화문을 따르는 기루일 줄 누가 알았겠느냐? 소항은 무법의 법이 지배하는 곳인데 그곳까지 북화문의 세력이 닿아 있을 줄 몰랐던 거지. 우리 모두의 실수다."

학사라 불린 자의 목소리는 어떤 상황에서든 부드러웠다. 그를 만나 이야기하는 사람이 그에 대해 신뢰감을 갖지 않을 수 없는 목소리였다.

"그렇게 말씀하시니 더 몸 둘 바를 모르겠습니다. 하지만 다른 건 몰라도 주향을 지키지 못한 것은……."

"후우, 일이 잘못되려고 하니 그리된 것이지. 이제 그만 소항의 일은 잊어버려라."

"그런데 이상한 일입니다."

"응? 뭐가?"

"당시 북화문에서 왔던 그 두 명의 여고수는 왜 갑자기 돌아간 걸까요? 더군다나 주향이 죽음을 당한 그 순간에 말이죠. 설마… 본 교에서 손을 쓴 것입니까?"

"그렇지는 않다. 물론 준비는 하고 있었지. 하지만 북화문이 소항에서 벌어진 일에 관심을 갖지 못한 것은 따로 그 이유가 있단다. 개봉의 북화문이 과거 칠마의 난의 주역이었던 음양교의 공격을 받았거든. 그래서 그들은 소항의 일에 신경 쓸 여력이 없었던 것이다."

학사라고는 하지만 온고는 강호 무림의 사정에 밝은 듯 보였다. 그는 북화문에 일어난 일을 정확히 알고 있었다.

"아, 그런 일이 있었군요. 다행이군요."

"이것이 바로 본 교가 천리를 행하고 있다는 증거 아니겠느냐? 의도치 않아도 하늘이 우리 일을 돕고 있음이니……."

"신화 빛이 세상을 비추리라……."

묘선의 나직한 읊조림이 들렸다. 감격에 겨운 목소리다.

"너의 충실한 신심이 언젠가는 크게 보상받을 것이다."

다시 학사 온고의 부드러운 목소리가 들렸다.

"학사님을 믿고 따를 뿐입니다."

묘선이 대답했다.

"고맙구나. 음, 이제 나가봐야겠다. 밤이 제법 깊었구나. 문단속 잘 하고 자거라."

"네. 학사님! 학사님도 조심히 다녀오세요."

"알겠다."

학사 온고의 대답이 들리고 잠시 후 초가의 문이 열렸다. 그러자 희미한 불빛 속에 두 남녀가 모습을 드러냈다.

그중 삼십 대 중반으로 보이는 사내가 문 밖으로 나와 여인에게 가볍게 고개를 끄떡여 보인 후 단정한 발걸음으로 초가를 나섰다.

크지도 작지도 않은 키, 흐트러짐 없는 발걸음, 거기에 선한 인상의 얼굴까지. 누가 보아도 한눈에 호감을 가질 수밖에 없는 외모다.

하는 행동 역시 귀한 신분임이 자연스레 드러나서 그가 가난한 초가에 살면서 기녀들이나 하층의 사람들에게 글을 가르치고 의술을 베푸는 사람이란 것을 믿을 수 없게 만든다.

"젠장, 정말 잘났군."

한참 뒤에서 주적주적 학사 온고를 따르며 사송이 중얼거렸다. 그처럼 외모에 자신이 없는 사람에게 학사 온고는 그저 마주 보는 것만으로도 주눅이 들게 만드는 외모를 지니고 있었다.

그래서인지 이상하게도 학사 온고에 대한 적의나 의심이 강하게 들지 않는 사송이었다. 한편으로는 괜한 사람을 쫓고 있는 것이 아닌가 하는 의구심이 들기도 했다.

그러나 그럼에도 불구하고, 학사 온고에 대한 추적을 멈추기에는 일곱 개의 불꽃 문양 천 조각이 가지고 있는 의미가 너무 컸다. 적어도 그 문양이 그와 연관이 없다는 것을 확인하기 전에는 이 일을 멈출 수 없는 사송이었다.

더군다나 그의 얼굴을 보기 전, 초가에서 학사 온고와 기녀 묘선이 나눈 대화는 확실히 심상치 않은 것이었다.

사교(邪敎)인지는 알 수 없으나 어떤 종교의 가르침을 따르고 있는 것이 분명해 보였기 때문이다.

본래 사교에 경도된 집단만큼 위험한 것은 없어서, 그들이 따르는 종파가 사교라면 그건 지금까지 학사 온고가 보여준 모습들을 단번에 뒤집을 만한 이유가 될 수도 있었다.

그래서 사송은 그를 따르는 일을 멈출 수 없었다.

학사 온고는 마치 밤 산책을 나온 사람처럼 여유 있게 성내 시전을 거닐었다.

가끔 이국에서 온 신기한 물건을 구경하느라 제법 시간을 보내기도 했고, 가난한 노점들이 파는 음식을 사 먹기도 했다.

그렇게 학사 온고가 시전을 통과하는 데 걸린 시간이 거의 반 시진, 밤은 이미 깊어서 상점 중에는 문을 닫는 곳도 하나둘 나타나기 시작했다. 그리고 그즈음 온고의 발걸음이 오래된 책방으로 향했다.

"결국 글쟁이란 건가?"

책방으로 들어가는 온고를 보며 사송이 맥 빠진 모습으로 중얼거렸다.

지금까지의 모습으로는 도저히 학사 온고에게서 수상한 점을 발견할 수 없었다.

하지만 그래도 사송의 발걸음은 학사 온고가 들어간 책방으로 향했다. 학사 온고와 일각여의 시차를 두고 사송이 오래된 책방으로 들어가자 고서(古書) 특유의 향이 코끝을 파고든다.

"어서 오십시요."

조금 묘한 시선으로 책방의 주인이 사송을 맞이했다. 그도 그럴 것이 서책을 사기에는 너무 늦은 시간이었다. 책방 주인도 문을 닫을 준비를 하고 있었던 듯싶었다.

사송의 재빨리 책방 안을 살폈다. 그런데 그리 크지 않은 책방 어디서도 학사 온고의 모습이 보이지 않았다.

순간 사송이 아차 하는 표정을 지었다. 자신이 너무 방심했다는 뒤늦은 후회가 이어졌다.

그렇다고 책방 주인에게 학사 온고의 행방을 물을 수도 없었다.

책방 주인은 분명 학사 온고의 행방을 알고 있을 것이다. 그러나 그에게 온고의 행방을 묻는 것은 자신이 온고를 쫓아왔다는 사실을 스스로 인정하는 꼴이 된다.

"찾으시는 서책이 있으세요?"

이제 보니 고서를 취급하기에는 조금 젊은 주인이다. 보통은 늙은 노인이 어울리는 자리에서 단단해 보이는 체구의 중년 사내가 사송에게 물었다.

그러자 갑자기 모든 것이 의심스럽게 보이기 시작했다.

그러나 사송은 노련한 고수다. 자신의 당황스러움이나 책방에 대한 의심을 밖으로 드러낼 애송이가 아니었다.

"듣자 하니… 서역의 책자도 취급한다고 하던데."

순간 책방 주인의 눈빛이 반짝였다.

"서역의 책이라면 어떤……?"

"그… 연금술과 관련된……."

그러자 책방 주인의 눈에 한순간 멸시의 기운이 떠올랐다.

애초에 초라한 몰골의 사송이다. 거기에 연금술에 관련된 책을 찾는다는 것은 시장에서 사람들의 눈을 현혹시켜 은자를 갈취하는 사기꾼일 가능성이 큰 손님인 것이다.

"우린 그런 것 취급 안 합니다."

"그렇소? 음… 이 정도 되는 책방이라면 있을 줄 알았는데……."

사송이 아쉬운 표정으로 말했다.

그러자 서점 주인이 진지하게 충고했다.

"연금술이니 뭐니 하는 것은 다 사기지요. 세상에 쇠를 금으로 바꿀 방법은 없어요. 그러니 허황된 일에 재물과 기력을 낭비하지 마십시오."

"허험… 내가 뭐 쇠를 금으로 바꾸겠다는 것은 아니고……."

사송이 허를 찔린 사람처럼 변명을 해댔다.

"그럼 시장판에서 사기라도 치시려고요?"

"어허! 사람을 뭘로 보고!"

사송이 짐짓 화를 냈다.

그러자 책방 주인이 진지한 표정으로 다시 충고했다.

"아무리 어려워도 힘써 일해서 은자를 벌어야 가치가 있는 겁니다. 사람들 등이나 치는 것은!"

"거참! 이상한 양반일세? 내가 언제 다른 사람 등을 치겠다고 했소? 거 나이도 나와 비슷해 보이는데 노인네 같은 충고는! 에잇! 없으면 없는 거지."

사송이 화를 내며 책방 문을 열고 밖으로 나갔다. 그러자 등 뒤에서 책방 주인의 목소리가 다시 들렸다.

"정 먹고살기 힘들면 다시 오시오. 내 입에 풀칠할 수 있는 자리를 알아봐 줄 테니."

그러자 사송이 잠시 멈칫하다가 이내 시전 속으로 사라졌다.

그러자 책방 주인이 빙그레 웃으며 중얼거렸다.

"보아하니 반드시 다시 오겠군. 잘하면 쓸 만한 사람을 얻을 수 있겠는걸?"

책방에서 멀어진 사송이 더 이상 책방 주인이 보이지 않는 곳까지 걸어와서는 손으로 자신의 이마를 때렸다.

탁!

"멍청한 놈! 방심을 하다니."

학사 온고를 놓친 것에 대한 자책이다. 그러면서 오래된 서점으로 시선을 돌렸다.

"저곳이 목적지였는지, 아니면 누군가 뒤따르는 것을 걱정해 만든 관문인지 그걸 모르겠군. 보자… 그걸 알아보려면 잠깐 밤고양이가 돼야겠어."

사송이 주변을 살피다가 시전 옆 어두운 골목으로 들어갔다.

그러고는 훌쩍 몸을 날려 대로 양옆으로 즐비하게 늘어선 상점들의 지붕 위로 올라갔다.

그렇게 지붕으로 날아오른 사송이 빠르게 걸음을 옮겨 그가 들렀던 책방 맞은편 상점의 지붕에 도달했다.

그러자 오래된 책방이 한눈에 내려다보였다.

"음, 규모로 보자면 책방 안에 다른 공간이 있을 것 같지는 않군. 뒤로 나가는 문을 이용해 자신의 흔적을 감춘 것이 분명해. 아니면… 지하에 별도의 공간을 만들어놓았든지."

사송이 중얼거렸다. 한눈에 보기에도 책방의 다른 곳에 밀실을 만들기에는 크기가 너무 작았다.

"어쩐다……."

사송이 난감한 표정을 지었다.

책방이 학사 온고에게 어떤 역할을 하는 장소인지 알아내는 방법이 아주 없는 것은 아니었다. 단지 그 방법이 너무 무식하다는 것이 문제일 뿐이었다.

그 방법은 그저 기다리는 것이다. 오늘 밤 중으로, 혹은 내일 아침이라도 온고가 다시 책방 밖으로 나온다면 그는 밤새 책방에 머문 것이므로 그 지하에 사람들이 모이는 별도의 공간이 있다는 의미다.

반면 온고가 책방에 모습을 보이지 않는다면 책방은 그저 미행을 따돌리기 위한 관문의 역할을 하는 것으로 볼 수 있었다.

사송도 판단이 서질 않았다. 지금이라도 지붕 아래로 내려가 책방 주변을 살펴 온고의 흔적을 찾고 싶은 생각이 불쑥 들었다. 만약 그가 다른 통로를 통해 책방을 빠져나갔다면 분명 그

혼적을 찾아 다시 그를 추격할 자신이 있었다.

그러나 그러기에는 너무 위험했다. 관문까지 만들어 미행을 따돌릴 정도라면 필시 그 비밀스러운 길을 감시하는 자들도 있을 것이기 때문이다.

그래서 그 방법은 사송이 자신의 정체를 드러낼 각오를 하고 해야 하는 일이었다.

"후우… 쉽지 않군."

하룻밤을 지붕 위에서, 그것도 잠을 자지 않고 보내는 것은 쉽지 않은 일이다. 물론 할 수 없는 일도 아니었지만 무척 지루한 일이 될 것이 분명했다.

"불을 때서 여우들을 불러낼까?"

이쯤에서 자신을 노출하고 싶은 유혹이 불쑥 찾아드는 사송이다. 그러나 이내 고개를 저었다.

"감출 수 있을 때까지 감춘다. 좋아. 기다리지 뭐."

사송이 결심을 굳히고는 허리춤에서 언제나 차고 다니던 수통을 꺼내 들었다. 누군가를 추격할 때는 어떤 일이 벌어질지 몰라 항상 수통을 준비해 다니는 사송이었다.

하지만 수통 안에 든 것은 물이 아니었다.

사송이 수통의 뚜껑을 열어 그 안에 채워놓았던 술을 한 모금 입에 머금었다.

"커어, 좋구나. 달빛은 또 왜 이렇게 밝나?"

사송이 잠깐 책방에서 눈을 떼 서쪽으로 지고 있는 달을 바라봤다. 이제 곧 달이 지고 완벽한 어둠이 찾아올 것이다. 시전의 상점들까지 문을 닫아버리면 이 화려한 시전도 새벽까지는 고요할 것이다. 물론 그렇게 되면 책방을 감시하는 일이 더 수월하긴 할 테지만.

시간은 아주 느리게 흘러갔다.

시전의 상점들은 자정이 넘자 거의 모두 문을 닫았고, 그 이후부터는 지루한 시간이 이어졌다.

그러나 사실 그리 외로운 것은 아니었다. 지금 그는 혼자였지만 어딘가에서 자신을 보고 있을 적월과 나왕이 있다는 것을 알고 있었다.

얼굴을 보고 대화를 나눌 수는 없지만, 두 사람의 기운이 자신을 감싸고 있는 것 같은 기분에 외로움을 느끼지 않는 사송이었다. 단지 지루한 시간이 이어질 뿐이었다.

그렇게 하염없이 시전의 밤이 지나갔다.

그리고 어스름한 새벽빛이 시전 골목을 비추기 시작하자 이상하게도 깊은 밤보다 더 을씨년스러운 기분이 들었다. 그리고 그즈음 드디어 오랜 기다림의 성과가 찾아왔다.

"호, 이것 봐라?"

사송이 조금 놀란 듯한 표정을 지었다. 그의 시선이 건너편 책방이 아니라 그로부터 십여 장 떨어진 곳에 위치한 객잔을 바라보고 있었다.

객잔에서는 이른 아침 길을 가려는 여행객 몇이 졸린 눈을 비비며 문을 나서고 있었는데, 그 와중에 학사 온고의 모습이 보였던 것이다.

"확실히 흥미로운 자들이군."

새벽길을 떠나는 자들은 서너 무리로 갈라져 제각기 자신의 길을 가기 시작했다.

학사 온고 역시 새벽 시전 길을 걸어 자신의 초가로 돌아가는 듯 보였다.

언뜻 보기에 그들은 서로 아무런 상관이 없는 사람들처럼 보였다. 그러나 노련한 사송은 여행객들이 각자의 길을 가기 전에 서로 시선을 교환하는 것을 놓치지 않았다.

"좋아. 이쯤에서 미끼를 바꿔보는 것도 나쁘지 않지."

사송은 더 이상 온고를 보지 않았다. 대신 그는 학사 온고와 눈빛을 교환한 두 명의 여행객들을 주시하고 있었다.

제3장

사교(邪敎)

　두 사람은 끊임없이 대화를 나눴다. 주로 말을 하는 쪽은 중년의 사내였고, 이제 겨우 스무 살이 됐을까 싶은 허름한 차림의 청년은 중년 사내의 말에 연신 고개를 끄떡였다.

　그러면서도 가끔 질문을 던지면 중년 사내는 부드러운 미소와 함께 차분한 목소리로 청년의 질문에 대답을 해주었다.

　어찌 보면 스승과 제자의 모습이기도 하고, 혹은 아버지와 아들일 수도 있는 모습이었다.

　사송도 그 두 사람이 무슨 대화를 하는지 정확하게 알 수는 없었다. 그의 청력이 뛰어나다고는 해도 일단 성을 벗어나 인적이 드문 관도에 들어선 이후에는 그들과의 거리가 꽤 벌어졌기 때문이다.

　이런 곳에서 그들을 바싹 따라붙는 것은 아무리 사송이라도 위험한 일이었다. 그런 면에서 보자면 오히려 사람 많고 분주한 성내의 시전이 누군가를 추적하기에는 더 좋은 장소였다.

"제길, 어디까지 가려나?"

사송이 벌써 하루 가까이 걷고 있는 두 사람을 보며 투덜거렸다. 여행객이라도 하루 종일 걸으면 지치게 마련인데 두 사람은 지치지도 않고 관도를 걷고 있었다.

물론 가끔 걸음을 멈추고 휴식을 취하기도 했다. 그러나 그 시간은 결코 이각을 넘지 않았다. 그것도 겨우 세 번이 전부였다.

생각해 보면 대단한 끈기와 체력이었다. 중년의 사내도 그렇지만 특히 허름한 옷차림의 젊은 사내의 인내심은 대단한 편이었다.

오랜 관찰 끝에 사송이 내린 결론은 중년의 사내는 무공을 가지고 있고, 젊은 사내는 무공을 모른다는 것이었다.

단지 걷는 모습을 보는 것만으로도 짐작이 가는 일이었고, 길 위에 새겨진 발자국의 깊이가 그 사실을 증명해 줬다.

중년 사내의 발자국은 거의 남아 있지 않은 반면 젊은 사내의 발자국은 제법 또렷하게 땅에 남아 있었고, 시간이 지날수록 땅에 끌리는 면적이 길어지고 있었다. 그건 곧 젊은 사내의 체력이 점점 떨어지고 있다는 의미였다.

그럼에도 불구하고 젊은 사내는 힘든 내색을 애써 감추고 있었다. 마치 누군가에게 시험을 받는 듯 젊은 사내는 당당하게 중년 사내와 보조를 맞춰 걸으려고 노력하고 있었다.

그렇게 새벽에 시작된 여정은 어느새 저녁에 이르러 있었다.

석양도 사라져 어둑한 어둠이 찾아왔다.

길은 어느새 인적 드문 평야를 지나 높고 깊은 산속으로 이어지고 있었다.

관도라 길은 평탄했지만 그래도 산속으로 이어진 길은 사람의 경계심을 부쩍 돋운다.

"젠장, 밤길을 가려나?"

사송이 투덜거렸다.

해가 졌음에도 두 사람이 여전히 걷고 있었다. 더군다나 그사이 몇 개의 허름한 객잔과 주막을 지나친 두 사람이었다.

밤길을 갈 것이 아니라면 그중 한 군데 숙소를 정해 하룻밤 자고 가야 정상이었다. 그런데 두 사람은 주막이나 객방에 들르지 않고 어둠이 내린 산길을 여전히 걷고 있었다.

"산속에 객잔이 있을 리 없고, 후우… 정말 밤새 산길을 걷겠다는 것이군."

사송이 한숨을 내쉬며 뒤를 돌아봤다. 멀리 거대한 거인처럼 웅크린 성(城)이 눈에 들어온다. 그가 떠나온 합비의 성이다.

"돌아가서 다시 온고라는 자를 살필까?"

사송이 잠시 망설였다.

그러나 이내 고개를 저었다.

"돌아가기에는 너무 멀리 왔어. 끝을 봐야지."

사송이 굳은 표정으로 말하고는 다시 두 사람의 뒤를 따르기 시작했다.

그런데 날이 어두워지면서 좋은 점도 있었다. 그건 사송이 좀 더 두 사람에게 가까이 다가갈 수 있다는 것이었고, 그건 곧 두 사람의 대화를 들을 수도 있다는 의미였다.

"그럼 큰 스승님들은 인신의 경지에 이른 분들이십니까?"

거리를 좁힌 사송에게 가장 먼저 들린 소리는 젊은 사내가 묻는 말이었다.

"음… 그렇다고도 할 수 있지."

"그러나… 사람이 신이 될 수는 없는 일 아닙니까?"

"물론 소위 사람들이 말하는 신이 될 수는 없지. 그러나 보통의 인간을 넘어선 존재, 세상의 이치를 꿰뚫고, 사람의 길흉화복을 예지하며, 우리가 상상할 수 없는 힘을 가진 존재는 될 수 있네. 큰 스승님들은 바로 그런 경지에 오른 분들이지. 그래서 우리가 그분들을 반인반신이라 부르는 것이네."

"하아… 정말 그런 것이 가능한가요?"

청년은 여전히 사내의 말에 의구심을 갖는 듯했다.

"나도 직접 보기 전에는 믿지 못했네. 하지만 자네도 큰 스승님들을 뵌다면 오히려 내가 한 말이 부족하다는 것을 알게 될 거야."

"하지만 큰 스승님들은 쉽게 뵐 수 없다고 하시지 않았습니까?"

"물론, 그분들을 뵙는 영광은 본 교를 위해 헌신한 공적이 인정되어야 가능하지. 그러나 그분들은 항상 우리를 보고 계신다네. 큰 스승님들은 생각보다 가까운 곳에 계시니까."

중년 사내의 말에 청년이 잠시 말을 멈췄다. 그리고 뭔가를 생각하다가 조심스레 입을 열었다.

"그럼 앞으로 제가 해야 할 일은 무엇인가요?"

"음, 지금은 나도 알 수 없네. 일단 신터에 들어가 어떻게 생활하느냐에 따라 결정될 것이다. 자네가 생활하는 모습을 본 학사들의 평가가 있을 것이고, 그에 따라 자네 일을 정해 목인께 보고하면 큰 스승님들께서 결정을 해주실 것이네."

"그럼… 혹 내쳐질 수도 있나요?"

청년이 걱정스러운 말투로 물었다.

"하하하, 그런 걱정은 말게. 본 교의 가르침 중 세상에 쓸모없는 사람은 없다, 라는 말이 있네. 세상의 이치는 묘해서 어떤 사람이나 사물이든 사실은 다 그 쓰임새가 있거든. 단지 사람들이 그걸 찾아내지 못할 뿐이지. 그러니까 자네가 신터에서 생활하는 것은 누군가에게 평가받는 것이 아니라 하늘이 네게 부여한 쓰임새를 찾을 기회를 주는 것이라고 생각하는 것이 옳을 걸세. 그러니 너무 큰 부담은 갖지 말도록 하게."

"알겠습니다. 학사님!"

생기를 찾은 젊은 사내의 목소리가 들린다.

"학사라… 저자도 학사인 모양이군. 결국 학사라는 것은 저자들이 속한 교단에서 일정한 지위를 뜻하는 것이군. 그나저나 정말 혹하겠는걸? 하는 말 하나하나가 이치에 맞는단 말이지. 그리 사이한 것도 아니고. 만약 기녀 주향의 죽음만 아니었다면 나도 저자들의 교리에 혹하겠어."

사송이 절레절레 고개를 저으며 말했다.

합비성의 초가에서 학사 온고란 자가 기녀 묘선에게 했던 말이나, 지금 중년의 사내가 젊은 사내에게 한 말들은 사실 세상의 이치로 보자면 전혀 문제 될 것이 없는 말들이었다.

오히려 사람의 선함을 끌어내는 듯한 말이어서 이 교리를 접한 사람이 이들을 사교의 무리라고 의심하기 어려웠다.

"그러나 본래 예쁜 꽃에는 가시가 있고, 좋은 말에는 항상 속임수가 숨어 있는 법이지. 또 아름다운 여인은… 흐흠……"

혼잣말을 중얼거리다 말고 사송이 뻘쭘한 표정을 지었다. 갑자기 화명이 생각났기 때문이다. 이상하게도 잊으려 하면 할수록 더 자주 화명의 얼굴이 떠올랐다.

"에이, 역시 아름다운 여인도 문제가 있어. 자꾸 사람의 마음을 어지럽힌단 말씀이야."

사송이 투덜거렸다.

그러는 사이 어느새 주위 풍경이 변했다. 두 사람은 어느새 수백 년 베어지지 않은 듯한 키 높은 나무들이 우거진 숲으로 들어와 있었다.

그래도 길은 여전히 걸을 만했다.

그런데 숲이 깊어지자 사송이 갑자기 길을 벗어났다. 그는 평탄한 길을 버리고 어두운 숲으로 사라졌다. 그리고 나무와 나무 사이를 날아 넘어 앞서간 두 사람과의 거리를 급격하게 좁히기 시작했다.

"힘이 좀 들지?"

길이 나쁘지 않다 해도 숲길은 숲길이다. 더군다나 오르막이 나타나자 무공을 가진 자와 그렇지 않은 사람의 차이가 확연하게 드러났다.

젊은 쪽 사내의 호흡이 거칠어지자 중년 사내가 물었다.

"좀……."

"그럴 만도 하지. 그래도 대단하네. 하루 종일 걷고도 지친 내색을 하지 않으니. 자네의 인내심은 정말 대단해. 또래의 다른 청년들과는 비교할 수 없는 인내심이네. 우리 학사들은 그런 자네의 인내심을 눈여겨보고 있었다네."

"그, 그러셨습니까?"

청년이 놀란 표정으로 되물었다.

"본 교에 정식으로 입교할 자격이 아무에게나 주어지는 것은 아니지. 사실 본 교의 가르침을 따르는 사람들은 천하에 수도 없이 많네. 큰 스승님들의 말씀으로 힘을 얻고 또 학사들의 도움으로 어려움을 이겨내는 사람들 말일세."

"물론이지요. 저 또한 학사님의 도움으로 사람 백정이 될 팔자를 면하게 되었는데요."

"그런 사람들은 본 교의 신자라고 할 수 있네. 물론 신도라는 말은 본 교에 어울리지 않지. 그저 큰 스승님들의 말씀을 배우는 사람들이라고 할까."

"그렇지요. 어떤 억압이나 요구도 없으니까요. 절만 가도 중들이 시주를 요구하고 자신들의 가르침을 강요하는데요."

"그러게 말일세. 그런 불자란 자들은 참된 스승이 될 자격이 없지. 아무튼 그렇게 큰 스승님들의 가르침을 따르는 사람 중에서 특별한 자질이 있는 사람들만이 본 교의 정식 교도가 될 수 있다네. 그중 한 명으로 자네가 뽑힌 거지."

"모두 학사님 덕분입니다."

청년이 달빛 아래서 꾸벅 고개를 숙여 보였다.

"하하, 이 사람, 그게 왜 내 덕인가. 모두 자네의 자질과 큰 스승님들의 가르침에 대한 배움이 뛰어나기 때문이지. 특히 이렇게 강한 인내심도 지니고 있고 말이야. 아마… 자네에게 그 인내심은 큰 자산이 될 걸세. 본격적으로 본 교의 일을 맡게 되면 말일세."

"어떤 일이든 참고 견디는 데는 자신 있습니다."

사내가 다부진 목소리로 대답했다.

"알고 있네. 자네의 그 강단을. 자, 좀 쉬었나?"

대화를 나누는 동안 두 사람은 멈춰 선 채 잠시 휴식을 취하던 상태였다.

"예, 다시 기운이 납니다."

"좋아. 그럼 계속 가보세. 하지만 이번에는 조금 힘들 거야. 평탄한 길을 벗어나 험한 길을 타야 하니."

"걱정 마십시오."

"알겠네. 그럼 조심해서 따라오게."

학사라 불린 중년 사내가 고개를 끄떡이고는 잠시 관도를 따라 걷다가 이내 짐승이 다닐 만큼 좁고 가파른 산길을 따라 오르기 시작했다.

길은 미로처럼 이어졌다.

사송은 땅으로 걷지 않고 나무와 나무를 날아 넘으며 두 사람을 쫓았다. 다행이 밤바람이 세게 불어서 나뭇가지가 흔들리는 것만으로 사송의 움직임이 노출되지는 않았다.

두 사람은 거의 한 시진 가까이 험한 산길을 탔다. 끊긴 듯하면 다시 이어지는 산길을 중년 사내는 능숙하게 걸었고, 뒤를 쫓는 젊은 사내는 연신 땀을 흘렸다.

미로처럼 이어진 산길은 작은 계곡을 거슬러 올라 십여 장이 조금 넘는 낮은 절벽 아래에서 끝이 났다.

삐익!

절벽 아래 이른 사내가 입으로 날카로운 소리를 냈다. 그러자 그에 맞춰 절벽 위에서 같은 소리가 두 번 들렸다. 그러자 중년 사내가 나직하게 입을 열었다.

"학사 곽명일세."

사내의 말이 끝나자 낮은 절벽 위에 사람 그림자가 어른거리더니 두 사람이 모습을 드러냈다.

"어서 오십시오. 학사님!"

"음, 사다리를 내려주게."

"알겠습니다."

사내들이 대답을 한 후 줄사다리를 절벽 아래로 던졌다.

"올라가세."

줄사다리가 내려지자 스스로 곽명이라 이름을 밝힌 중년 사내가 젊은 사내에게 말했다.

"예, 학사님!"

조금 겁을 먹은 듯한 모습이었지만 젊은 사내가 입술을 굳게 물며 용기를 내 대답했다.

"먼저 오르게."

중년 사내가 다시 말하자 젊은 사내가 망설이지 않고 줄사다리를 오르기 시작했다.

높이라야 겨우 십여 장이어서 젊은 사내는 이내 절벽 위에 도착했다. 그러자 줄사다리를 내렸던 자들이 반갑게 사내를 맞이했다.

"어서 오시오, 형제! 반갑소이다.

"아, 안녕하십니까?"

절벽에 오른 젊은 사내가 어색하게 인사를 건넸다.

그러자 다른 사내가 말했다.

"긴장하지 마시오. 편안하게 생각해도 되오. 이곳의 모든 사람들은 모두 형제들이니 말이오."

"알겠습니다."

젊은 사내가 침을 꿀꺽 삼키며 대답했다.

그러자 어느새 절벽을 오른 곽명이란 중년 사내가 세 사람 곁으로 다가서며 말했다.

"줄사다리를 올리게."

"예. 학사님!"

두 사람을 마중했던 사내들이 일제히 대답하고는 절벽 아래로 드리워진 줄사다리를 끌어 올렸다.

그러자 그 모습을 보고 있던 곽명이 문득 날카로운 시선으로 자신들이 지나온 절벽 아래쪽 숲을 응시하며 입을 열었다.

"독 안에 든 쥐는 잡아줘야 예의겠지."

중년 사내와 젊은 청년이 올라간 절벽으로부터 이십 여장 떨어진 아름드리나무 위에서 절벽 위의 상황을 살피고 있던 사송이 마치 미간에 화살을 맞은 것처럼 화들짝 놀랐다.

곽명이란 자의 시선이 정확하게 그가 올라 있는 나무, 그곳도 자신이 몸을 숨기고 있는 곳을 주시했기 때문이다.

"좋지 않다."

불사 나왕이 훌쩍 몸을 날려 바위 위로 올라섰다.

곽명이란 자와 그를 쫓아간 자왕 사송이 있는 절벽과는 계곡 하나를 두고 백여 장 이상 떨어진 맞은편에 위치한 산 중턱의 바위였다.

"대체 뭐죠?"

적월이 당황한 표정으로 입을 열었다.

어두운 밤 오래된 숲에 파도가 일렁이고 있었다. 곽명이란 자가 절벽에 오른 그 순간부터 시작된 파도였다.

우거진 수림의 상층부에서 일기 시작한 바람의 파도는 멀리서 보면 일정한 방향으로 움직이고 있었다.

바람의 파도들은 절벽 아래, 사송이 올라 있는 나무를 향해 몰려오고 있었다. 그 파도들은 거대한 원을 그리고 있었고, 그 원을 피해 빠져나갈 공간이 보이지 않았다.

나왕이나 적월은 이 돌연한 한밤중의 바람 물결이 결코 자연이 만들어낸 풍경이 아니라는 것을 알고 있었다.

사람이 만들어낸 것이었고, 그 목표는 사송이었다.

"눈치챘구나!"

나왕이 긴장한 표정으로 말하면서 두 손을 입에 가져갔다. 그러고는 날카로운 밤새 소리를 만들어냈다.

삐리릿!

멀리 반대편 산중턱에서 이름 모를 밤새의 울음소리가 들렸다. 그 순간 사송은 자신이 올라 있는 나무를 여전히 응시하고 있는 중년의 사내 곽명에게서 시선을 뗐다.

그러자 사방에서 자신을 향해 밀려드는 차가운 살기들이 확연하게 느껴졌다.

"제법… 재주들이 있군. 그러나 그렇다고 순순히 잡힐 내가 아니다. 그리고 다시 돌아올 때는 반드시 네놈들의 가면을 벗겨주마!"

이런 치밀한 함정을 파고 있는 자들이 결코 선한 자들일 리 없다는 생각에 욕설을 내뱉으며 절벽 위 곽명이란 사내를 다시 한번 응시한 사송이 한순간에 나무 위에서 사라졌다.

그리고 그 직후 그가 올라 있던 아름드리나무를 십여 명의 흑의인들이 덮쳤다.

스스슥!

사송이 있던 나무를 덮친 흑의인들의 움직임이 작지 않은 바람을 일으켰다. 하지만 곧 그들은 의문의 목소리를 흘려낼 수밖에 없었다.

"없습니다."

"여기도……!"

"어디로 간 거지?"

몇몇 흑의인의 입에서 당혹스러운 목소리가 흘러나왔다. 그들이 목표로 했던 침입자의 흔적을 어디서도 찾을 수 없었던 것이다.

"분명히 완벽하게 포위했는데……."

다시 누군가의 목소리가 흘러나왔다.

"빠져나갔나 봅니다."

"어떻게 말인가? 신터 외곽을 지키는 형제들로부터도 아무런 반응이 없지 않은가? 우리를 피해 이곳을 벗어났다고 해도 숲의 경계에 있는 형제들의 눈에 띄었어야 하네. 급하게 도주를 했다면."

"그렇지만 그럼……."

"음, 애초에 잘못 본 것인가?"

"하지만 곽명 학사께사도 미행이 있다고 판단하시지 않았습니까?"

"그렇긴 하지. 일단 내려가세. 주위를 좀 더 살펴보자고. 흔적이 있는지."

"알겠습니다."

흑의인들의 대화는 거기서 끝이 났다.

그들은 제각기 나무 위에서 내려와 주변을 살피기 시작했다. 그러나 어디서도 사람의 흔적은 발견되지 않았다.

흑의인들이 그렇게 달빛에 의지해 나무 주변을 살피고 있자 멀리 떨어진 절벽 위에서 학사 곽명의 목소리가 들렸다.

"어찌 된 일인가?"

그러자 주위를 살피던 흑의인 중 한 명이 절벽으로 다가서면서 대답했다.

"사람의 흔적이 없습니다."

"그럴 리가? 분명히 인기척을 느꼈는데……."

"저희들도 마찬가집니다. 분명 바람이 만들어내는 흔들림과는 다른 나뭇가지의 흔들림을 발견하고 포위한 것입니다만……."

"음… 산짐승이었을까?"

학사 곽명이 스스로에게 질문하듯 말했다.

"간혹 삵이 나타나 진에 혼란을 일으키기는 합니다만……."

"알겠네. 일단 좀 더 주변을 살펴보게."

"알겠습니다. 먼저 들어가십시오."

"수고하게."

곽명이 절벽 위에서 자취를 감췄다.

그러자 흑의인이 자신의 동료들에게 낮은 목소리로 명했다.

"복귀하기 전에 숲의 경계선까지 살펴본다. 서둘러라."

"예. 조장님!"

흑의인들이 대답을 하고는 어두운 숲으로 빠르게 스며들어 갔다.

숲을 조사하는 흑의인들의 움직임은 거의 반시진 정도 계속됐다. 나왕과 적월은 건너편 산자락 바위 위에서 흔들리는 숲의 모습으로 그들의 움직임을 파악하고 있었다.

그렇게 한동안 계속되던 흑의인들의 움직임이 반시진을 고비로 절벽 쪽으로 이동하더니 이내 잠잠해졌다.

"끝난 걸까요?"

한동안 숲이 조용하자 적월이 물었다.

"그런 것 같다."

"숙부께서는 무사하시겠죠?"

"그렇지 않다면 저들이 숲을 저렇게 자세히 살펴볼 이유가 없지 않겠느냐? 조금 기다려 보자. 아마 곧 돌아오실 게다."

나왕이 적월을 안심시켰다.

그리고 그의 말대로 이각여의 시간이 흐른 뒤 자왕 사송이 불쑥 바위 근처에 모습을 드러냈다.

"에이, 징그러운 놈들!"

바위 뒤편으로 올라서며 사송이 투덜거렸다.

"숙부님!"

사송의 귀환을 기다리고 있던 적월이 반가운 얼굴로 사송을 맞았다.

"오래 기다렸지?"

"걱정했어요. 왜 이렇게 늦으셨어요?"

적월이 물었다.

"음, 아주 음흉한 놈들이더라고. 돌아간 듯하면서도 숲에 사람을 남겨두었어. 내가 방심하고 움직일지도 모른다고 생각한 거지."

"숙부님을 보았어요?"

"흥, 제 놈들이 아무리 머리를 써봐야 나 사송을 볼 수는 없지. 들키지 않았으니까 걱정 말거라."

사송이 손을 저으며 말했다.

"고생하셨소이다."

뒤늦게 나왕이 입을 열었다.

"솔직히 좀 당황하기는 했소이다. 설마 내 추격을 눈치채고 있을 줄은 몰랐소. 불사께서 신호를 보내주시지 않았다면 꼼짝없이 놈들에게 노출될 뻔했소이다."

"아무리도 저 숲에 특별한 진이 펼쳐져 있는 것 같소. 자왕의 추적을 알아챌 정도라면……."

"맞소이다. 진뿐 아니라 나오면서 보니 곳곳에 숨어 있는 자들이 여럿 있었소. 복마전 같은 곳이오."

"대체 뭘 하는 곳일까요?"

적월이 새삼스럽게 의문을 드러내며 숲과 그 너머 어둑한 절벽 위쪽을 바라봤다.

"사교의 집단인 것 같아. 젊은 청년을 데려간 자는 곽명이라는 자였는데 온고란 자와 마찬가지로 학사란 호칭으로 불리더군. 그런데 그자가 이동하는 내내 자신들의 종파에 대해 설교를 해대더라고."

"강호에 알려진 집단인 것 같소이까?"

나왕이 물었다.

"그건 아닌 듯했소이다. 나도 강호의 사교 집단들은 알 만큼 아는 사람인데 저들은 그중 어디에도 속하지 않은 듯했소. 그리고 다른 종파와 조금 다른 것은 그들의 우두머리들을 무슨 교주나 천신 같은 거창한 명칭으로 부르는 것이 아니라 큰 스승이라고 칭하더이다."

"특별하구려."

"어찌 보면 선비들이 모여 있는 학파의 모습을 갖춘 것 같기도 하지만, 무인들을 데리고 있고, 저렇게 복마전 같은 본거지를 가지고 있는 걸 보면 역시 학사들의 무리는 아닌 듯하오."

"후우… 자세히 알아보려면 저 안에 들어가 봐야겠구려."

나왕이 가볍게 한숨을 쉬며 절벽 위쪽을 바라봤다.

"들키지 않고 들어가기가 쉽지 않을 것 같았소. 그자들은 저곳을 신터라고 부르더이다."

"신터… 같은 무리들이 모여 사는 곳일까요?"

적월이 여전히 시선을 절벽 위에 둔 채 물었다.

"그렇겠지. 곽명이란 자의 말에 따르면 신터에 들어갈 수 있는 사람은 교의 인정을 받아야 한다고 하더구나. 그렇게 선택된 자들이 신터에 들어가 생활을 하고, 그곳에서 평가를 받아 교에서의 할 일과 위치가 정해진다고 하더군."

"그런 체계가 갖춰진 것을 보면 하루 이틀 사이에 태어난 종파가 아닌 듯하구려."

"그렇소이다. 더군다나 신터라는 곳을 이곳 하나만 운영하는 것 같지도 않고……."

사송이 고개를 끄떡이며 말했다.

그러자 나왕의 표정이 어두워졌다.

"만약 저런 곳이 천하에 여러 곳 있고, 그곳에서 비밀스럽게 사람을 키워내는 것이라면… 절대 단순한 종파가 아니오. 어쩌면……."

나왕이 말꼬리를 흐렸다.

그러자 사송이 말을 이었다.

"나도 그 생각을 했소이다. 어쩌면… 천산마교나 명교와 같은 무리들일 수도 있다고 말이오."

"음… 그런데 그런 자들과 이것이 연결되어 있단 말이군."

나왕이 품속에서 일곱 개의 불꽃 문양이 새겨진 천 조각을 꺼내 들며 심각하게 중얼거렸다.

"아직은 그들과의 고리를 찾지는 못했으니 모르는 일이지요."

사송은 신중했다.

"이제 어쩌죠?"

적월이 물었다.

그러자 나왕과 사송 모두 난감한 표정을 지었다. 알아낸 것은 많았다. 그러나 그중 하나라도 일곱 개의 불꽃 문양과 직접적으로 연관된 것은 없었다.

그런 상황에서 은밀한 추적이 벽에 부딪힌 것이다. 조금 더 무리를 하자면 신터라는 곳으로 들어가 봐야 하는데 그렇게 되면 저들의 눈에 발각될 가능성이 컸다.

"역시 위험해도 들어가 봐야 하지 않겠소이까?"

사송이 나왕의 의견을 구했다.

그러자 나왕이 잠시 생각에 잠겼다가 입을 열었다.

"다른 방법도 있소이다."

"어떤……?"

"다시 처음으로 돌아가는 것이오."

나왕이 말했다.

"무슨 말씀인지?"

사송이 나왕의 말을 이해할 수 없다는 듯 되물었다.

그러자 나왕이 침착한 목소리로 말했다.

"지금 우리의 추적이 벽에 부딪힌 것은 신터라는 장소에 부딪혔기 때문이오. 하지만 목표를 바꾸면 밖에서도 그들의 정체를 알아볼 수 있지 않겠소?"

"그럼……!"

사송이 뭔가 깨달은 표정으로 눈빛을 반짝였다.

"학사 온고란 자를 잡는 것도 한 방법이오. 물론 그런 자는 결코 쉽게 입을 열지 않을 것이오. 본래 어떤 종파든 종교에 매몰된 자들은 죽음의 공포와 신체의 고통을 견디는 데 익숙하니까 말이오. 하지만 최소한 그의 동료들을 움직이게 할 수는 있을 것이오. 기녀 주향이 죽은 것처럼. 혹은 화명과 수월 소저가 공격당한 것처럼 말이오."

"저자들을 유인하자는 말씀이시군요?"

듣고 있던 적월이 고개를 끄떡이며 말했다.

"지금 상황에선 무리하게 신터라는 곳으로 침입하는 것보다는 더 효율적인 방법인 것 같구나. 저곳으로 들어가 보는 것은 모든 방법이 통하지 않았을 때, 혹은 저 안에 혈월야의 흉수들이 있다는 확신이 들었을 때나 해야 할 일인 듯싶다."

나왕이 신중한 표정으로 말했다. 그러면서 사송을 바라봤다. 혈월야의 일을 조사하는 것에 관해서는 언제나 사송과 서리의 동의가 필요하기 때문이었다.

그러자 사송이 고개를 끄떡여 동의했다.

"지금으로서는 그게 최선의 방법인 것 같구려."

"좋소. 그럼 그자를 잡아내는 것으로 합시다."

나왕이 말했다.

"그러려면 역시 약간의 준비가 필요하겠구려."

사송이 말했다.

"그들의 전력을 모르니 준비가 필요하긴 할 거요."

"그 일은 서리 동생에게 맡기지요."

사송이 대답했다.

*   *   *

어둠이 찾아들자 초가에 불이 켜졌다. 그러자 기녀들이 글공부를 하던 초가를 벗어나 각자 고단한 일터로 돌아가기 시작했다.

"청란, 어떻게 할 생각이니?"

초가를 벗어나 석교에 이른 두 명의 기녀 중 한 명이 같이 걷고 있는 기녀에게 물었다.

"야선, 너는?"

청란이라 불린 여인이 되물었다.

"글쎄… 당장 기루를 떠나고 싶기는 한데. 그랬다가는 루주가 가만있지 않을 거야. 어쩌면 학사께서 크게 당하실 수도 있어."

"하지만 학사께서 그건 걱정하지 말라고 하셨잖아."

기녀 청란이 말했다.

"그래도… 너도 루주의 무서움을 알잖아."

야선이 잘게 몸까지 떨며 대답했다.

그러자 청란이 다부진 표정으로 말했다.

"물론 루주가 무섭기는 해. 그래도 난 이번 기회를 놓치고 싶지 않아. 학사께서 일단 기루를 떠나면 안전을 보장하겠다고 하셨으니까. 한번 믿어볼래."

"후우, 난 좀 더 고민해 보고."

야선이란 이름의 기녀가 망설였다.

"야선, 같이 떠나자. 응?"

"조금만… 조금만 시간을 줘. 아직은……."

"몰라. 난 학사께서 말씀하신 대로 이달 보름에 이곳을 떠날 거야. 언제까지 기녀로 살다가 늙고 병든 후 버려질 수는 없어."

청란이 단호하게 말했다.

"알겠어. 보름까지 나도 결정할게."

야선이 고개를 끄떡였다.

두 기녀는 시전 쪽으로 들어가서도 나직하게 이런저런 말을 하면서 기루가 있는 쪽으로 멀어졌다.

"저 아이들의 꿈을 깨야 하는 일이군."

멀어지는 기녀들을 보며 사송이 중얼거렸다. 그는 지금 학사 온고를 잡으러 온 참이었다.

그런데 온고를 잡아가면 그를 의지했던 글 배우는 기녀들은 한동안 큰 상실감에 빠질 것이다. 자신들을 기녀 생활에서 벗어 나게 해주고, 새로운 삶을 살게 해줄 구세주 같은 사람이 하룻 밤 사이에 사라질 것이기 때문이다.

"하지만 어쩔 수 없는 일이지. 더 큰 위험이 기다리고 있을 수 도 있으니까. 기녀 주향이 죽은 것처럼."

사송이 혼잣말을 중얼거리며 시선을 초가로 돌렸다.

초가에는 어느새 불이 켜져 있었다. 그러나 아직은 때가 아니 었다. 시전의 상점들이 문을 닫고 성내의 불이 모두 꺼지는 시간 까지는 기다려야 한다. 그러나 그렇다고 그때까지 할 일이 없는 것은 아니었다.

"변수가 생기면 안 되니까. 지금부터 온고 너는 내 시야에 머물게 될 거다."

사송의 눈빛이 어둠 속에서 번뜩였다.

시간은 빠르게 흘러갔다.

밤이 깊어갈수록 소란스러웠던 시전의 상점들이 하나둘 문을 닫기 시작했다.

그나마 가장 오랫동안 불을 밝히는 곳은 기루와 주루다. 그러나 그 정도의 불빛과 소란은 방해가 되기보다는 오히려 일을 하기 수월하게 도움을 준다. 완벽한 어둠과 침묵 속에서는 오히려 약간의 움직임도 크게 부각되기 때문이다.

"시작해 볼까?"

사송이 서쪽으로 지고 있는 달을 보며 중얼거렸다.

달빛이 사라지면 먼 곳의 기루와 주루의 불빛만이 성내를 비출 것이다. 그 흐릿한 어둠이 사송이 움직이기에 가장 유리한 환경을 만들어주고 있었다.

슥!

사송이 올라와 있던 초가 위쪽의 나무 위에서 땅으로 뚝 떨어져 내려섰다.

마치 들짐승과 같은 움직임이다.

일단 땅으로 내려선 사송이 재빨리 주위를 살폈다. 그러나 가난한 학사가 기녀들이나 천민들에게 글을 가르치는 초라한 초가를 이 시간까지 주시하는 사람은 없었다.

주위에 사람이 없음을 확인한 사송이 빠르게 초가의 처마 밑으로 다가섰다.

초가 안에서는 어떤 인기척도 들리지 않았다. 자정까지는 학사 온고의 방에 불이 켜져 있었으나, 자정이 지나면서는 온고도 불을 끄고 잠자리에 든 모양이었다.

초가는 모두 세 개의 방을 가지고 있었는데, 가운데 널찍한 방은 온고가 기녀들에게 글을 가르치는 곳이었고, 그 양옆으로 겨우 사람 한두 사람이나 잘 만한 작은 방 두 개가 붙어 있었다.

그 두 개의 방 중 한 곳은 온고가, 다른 한곳은 기녀였던 묘선이 사용하고 있었다.

사송은 학사 온고의 방문 앞까지 은밀히 접근했다. 그즈음 그의 청각이 최대한 열렸다. 그러자 온고의 규칙적인 숨소리가 들렸다. 잠이 든 것이 분명했다.

사송은 일이 수월할 수도 있겠다고 생각하면서 짧은 마루에 올라 가볍게 방문을 열었다. 그러고는 먹물 스머들 듯 온고의 방으로 들어갔다.

'잘못됐군.'

육감이 오감보다 빠르게 위험을 알렸다.

사송이 급히 왼쪽으로 이동하며 온고가 누워 있어야 할 이부자리를 바라봤다. 육감이 경고해 주는 대로 이부자리에는 아무도 누워 있지 않았다.

'숨소리를 가장했어.'

잠이 든 듯 규칙적으로 흘려내던 숨소리는 자신을 끌어들이기 위한 미끼였음을 깨달은 순간 천장에서 한 자루 검이 사송의 머리를 향해 내리꽂혔다.

그러나 이미 육감에 따라 몸을 움직이고 있던 사송이었으므로 상대의 기습에 당할 상황은 아니었다.

사송이 가볍게 방바닥을 굴렀다. 급한 마음에 구른 것은 아니었다. 자세를 낮추고 몸을 눕혀야 방 안의 모든 상황을 한눈에 파악할 수 있기 때문이다.

파팟!

상대의 검이 방바닥에 날카로운 검흔을 만들었다. 그사이 방 안의 어둠에 익숙해진 사송의 눈이 온고를 찾아냈다.

학사 온고는 평상시와는 확연히 다른 모습이었다. 두 눈에서는 차가운 살기가 흘러나왔다. 부드러운 말을 내뱉던 입술은 살의를 머금은 듯 꽉 앙다물고 있었다.

"제법인데?"

바닥에 누운 듯한 자세를 취하고 있던 사송이 온고를 보며 빙그레 미소를 지었다.

"놈!"

순간 온고가 조롱받았다고 생각했는지 사송을 향해 다섯 차례나 연달아 검을 휘둘렀다.

그러나 사송은 귀신처럼 온고의 검을 피해냈다. 그리고 마지막 초식을 피하면서는 어느새 꺼내 든 갈고리 모양의 기병으로 온고의 검을 옭아맸다.

지잉!

"웃!"

한순간에 검을 제압당한 온고가 힘을 모아 사송의 기병에서 검을 빼내려 했지만 일단 사송에게 제압된 검은 옴짝달싹하지 않았다.

"좀 다르지? 다른 사람들하고는."

사송이 온고에게 바싹 얼굴을 들이대며 물었다.

"대체 웬 놈이냐?"

온고가 나직하게 물었다.

자신이 불리한 상황에서도 소란을 일으켜 초가 밖으로 상황을 알리고 싶어 하지 않는 것 같았다.

"호기심이 많은 사람이라고 해두지."

"단지 호기심 때문에 이런 일을 벌인단 말이냐?"

온고가 믿을 수 없다는 듯 되물었다.

"아주 오래된 호기심이거든. 아무튼 그 호기심을 네가 좀 풀어줘야겠다."

"내게서 어떤 말도 듣지 못할 것이다."

"그래도 나쁘지 않아. 넌 좋은 미끼이기도 하니까."

팟!

한순간 검을 빼내는 데 온 신경을 쓰고 있던 온고의 뒷목 부근으로 사송의 왼손이 빠르게 움직였다.

기습적으로 혈도를 가격당한 학사 온고가 맥없이 그 자리에 쓰러졌다. 사송이 쓰러진 온고에게 다가가 빠르게 온고의 아문혈을 다시 제압했다. 그렇게 되자 온고는 이제 몸뿐만 아니라 입조차 열 수 없게 되었다.

"한 가지 경고해 두는데, 나는 말이야. 지금까지 네가 상대했던 사람들과는 많이 다른 사람이야. 그러니 허튼짓할 생각은 하지 말라고."

사송이 눈만 껌뻑이고 있는 온고를 발로 툭 치며 말하고는 그를 어깨에 둘러메고 자리에서 일어났다.

제4장
칠화엽(七火葉)

생각보다 일은 수월하게 진행됐다. 예상과 달리 초가 주변에서 학사 온고 주위를 감시하는 자들은 없었다. 아마도 그건 학사 온고의 감춰진 무공의 깊이를 그와 그의 동료들이 신뢰했기 때문일 것이다.

단지 그들의 잘못은 자왕 사송 같은 절정고수가 공격해 올 것을 예상치 못했다는 데 있었다.

자왕 사송은 초가를 벗어나자마자 성의 서쪽 방면으로 달렸다. 그의 움직임은 빠르고 은밀했으나 사실 그는 간혹 자신의 흔적을 일부러 남기며 움직이고 있었다.

학사 온고를 납치한 것은 그의 입을 열기 위함이기도 하지만, 그가 입을 열지 않을 경우 그 동료들을 끌어내기 위한 미끼 역할도 있었기 때문이다.

성벽을 넘는 것은 작은 바위를 넘는 것과 다름없었다. 성 서쪽의 벽은 울창한 수림의 중간을 가르고 세워져 큰 나무에 오른후 약간의 힘만 쓰면 단숨에 반대편 숲에 도달할 수 있기 때문이었다.

그렇게 성벽을 넘은 자왕 사송이 다시 달렸다. 짙게 우거진숲이 그의 몸을 스치고 지나갔다. 하지만 숲의 무성함은 그에게아무런 방해가 되지 않았다.

그는 마치 평지를 달리듯 나무와 나이 사이를 날아 넘은 작은봉우리 앞에 도착했다.

높이라야 멀리 보이는 성벽보다 약간 높은 정도인 야산의 봉우리는 그래도 산이라고 중간중간 적지 않은 바위들을 품고 있었는데, 사송은 그중 한 곳으로 빠르게 다가갔다.

그러고는 어깨에 메고 있던 학사 온고를 작은 절벽 아래 바닥에 던져뒀다.

쿵!

"끄끄……."

딱딱한 바닥에 던져진 온고는 뼈가 부러지는 듯한 고통에도아혈이 제압되어 입을 열지 못하고 얕은 신음 소리만 흘릴 뿐이었다.

"후우!"

고수라고는 하지만 학사 온고 같은 건장한 사내를 메고 반시진 이상 달린 사송도 지친 모양이었다. 그의 입에서 길게 한숨이 새어 나왔다.

"제길, 나이가 드니 이 일도 힘들군."

사송이 한쪽 바위에 엉덩이를 걸치고 앉으며 투덜거렸다. 그러고는 옆구리에서 언제나 차고 다니던 물주머니를 꺼내 물을 한 모금 마셨다.

"커어!"

물을 마셨지만 주위로 퍼지는 향기는 술 향기다. 평소 자왕 사송이 술을 즐기는 것을 못마땅하게 생각하는 유왕 서리 때문에 사송은 버릇처럼 이렇게 물주머니에 술을 담아 오곤 했다.

"언제 오려나?"

한 모금 술을 마신 사송이 먼 숲을 보며 중얼거리는데 갑자기 숲의 한 부분이 흔들리기 시작했다.

"오는군."

사송이 자리에서 일어났다. 그러나 적을 상대하기 위한 모습은 아니었다.

그는 몇 걸음 앞으로 걸어나가 달빛 아래서 손을 흔들었다. 그러자 곧이어 두 사람이 그의 앞에 내려섰다.

"어서 오시오."

자왕 사송이 그를 뒤쫓아온 불사 나왕과 적월을 보며 입을 열었다.

"수고하셨소이다."

불사 나왕이 말했다.

"휴… 사실 조금 힘들긴 하더이다. 생각보다 덩치가 있어서……."

자왕 사송이 절벽 아래 던져둔 학사 온고를 발로 툭 차며 말했다.

그러자 이번에는 적월이 입을 열었다.

"아직은 뒤를 쫓는 자들이 없었어요. 초가 주변에서 움직이는 사람도 없었고요."

불사 나왕과 적월은 자왕 사송이 학사 온고를 납치해 오는 동안 먼 곳에서 자왕 사송의 뒤를 살피고 있었다.

"음, 그럼 결국 기다려야 한다는 말이군."

사송이 고개를 끄떡였다.

짐작대로 초가 주변에 학사 온고가 속한 비밀스러운 집단의 감시가 없었다는 것이 확인되었기 때문이다.

이제는 뒤늦게라도 학사 온고의 실종을 알아챈 그의 동료들이 자신이 남긴 흔적을 찾아 이곳까지 오기를 기다리는 것만 남았을 뿐이다.

예상대로 그들이 오면 이 계획은 성공하는 것이고, 오지 않는다면 또 다른 방법을 찾아야 할 것이다.

"그동안 할 일이 있지."

사송이 앞으로의 일을 생각하다가 문득 고개를 돌려 절벽 아래 누워 있는 학사 온고를 보며 말했다.

"무슨 일이 생길지 모르니 서두릅시다."

불사 나왕도 같은 생각을 했는지 학사 온고를 들어 일으켜 앉혔다.

"끄으으!"

아문혈이 제압되어 있는 학사 온고가 나직한 신음을 흘렸다. 입이 막혀 신음 소리도 그리 크지 않았다.

"고통스러우냐?"

말도 하지 못하는 온고 앞에서 사송이 물었다.

그러자 온고가 눈에 살기를 일으키며 사송을 노려봤다.

"어라? 이놈 봐라. 아직 기가 살아 있네."

퍽!

사송의 날카로운 주먹이 온고의 명치를 후려쳤다.

"큭!"

온고가 온몸으로 고통을 드러냈다. 하지만 여전히 그의 눈빛은 죽지 않고 시퍼렇게 살아 있었다.

"햐! 대단한 놈인데? 좋아. 그 기개를 높이 사마. 어디 네 말을 들어보자."

탁!

사송이 재빨리 온고의 아문혈을 풀었다.

"허억!"

막혔던 혈이 뚫리면서 온고가 크게 숨을 들이쉬었다.

"도대체 네놈들 정체가 뭐냐?"

숨을 들이쉬며 정신을 차리기 위해 노력하는 온고를 보며 사송이 물었다.

"네놈들이야말로 정체가 뭐냐?"

정신을 차린 온고가 물었다.

그 순간 사정없이 사송의 주먹이 날아들었다.

끄으윽!

어디를 어떻게 쳤는지 이번에는 온고가 쉽사리 고통에서 벗어나지 못했다. 그가 고통을 해소하는 데는 반각 정도의 시간이 걸렸다.

온고의 고통이 잦아들자 사송이 다시 물었다.

"네놈의 정체는?"

"초가를 짓고, 가난하고 어려운 사람들에게 글을 가르치는 선비라는 걸 모르고 납치했다는 것이냐?"

"이런 망할 놈! 글 가르치는 선비가 살수들이나 쓰는 속임수와 살검을 익혔단 말이냐? 네놈이 방으로 나를 유인해 살검으로 공격한 그 수법은 필시 살수의 술법이렷다?"

사송이 호통을 쳤다.

그러자 온고가 대답을 하는 대신 살기 어린 눈으로 사송을 노려봤다.

"그래, 그거야. 대답은 입으로 하나 눈으로 하나 다 마찬가지니까. 그 눈빛은 분명 살수의 눈빛이야."

사송이 마치 온고가 자백을 한 것처럼 쾌재를 불렀다.

그러자 온고가 소리쳤다.

"이 망할 놈아. 대체 너희들은 누구냐?"

퍽!

이번에는 사송의 주먹이 온고의 입을 후려쳤다.

그러자 한순간에 온고의 입술이 터지면서 그의 안면이 피로 물들었다.

"피는 나도 말은 할 수 있을 테니 계속 물으마. 네놈이 속한 그 요상한 종파의 이름이 뭐냐?"

그러자 고통 속에서도 온고의 눈빛이 번쩍였다.

"이놈들, 우리에 대해 알고 있구나."

자신이 글을 가르치는 일개 학사가 아니라 특정한 종파에 속해 있다는 것을 알고 있다면 그건 곧 자신을 고문하는 자들이 꽤 오랫동안 자신들을 조사해 왔다는 의미였다.

온고의 눈에서 경계의 빛이 번뜩였다. 자신이 몸에 일어나는 고통보다 자신이 속한 곳을 파고드는 자들이 있다는 사실이 온고를 더 긴장하게 만드는 것 같았다.

"생각보다 어리석은 놈이네. 대충 알고 있으니까 널 데려왔지. 생판 모르는 놈을 데려왔겠느냐?"

"어디냐?"

온고가 다시 사송 일행의 정체를 물었다.

"언제나 묻는 건 나다. 넌 대답해야 하는 거고. 다시 묻겠다. 네놈이 속한 그 요상한 종파는 뭐냐?"

사송이 날카로운 갈고리 기병을 온고의 눈앞에 들이밀며 물었다.

"죽인다고 내가 말해줄 것 같으냐?"

"누가 죽인다고 했느냐?"

푹!

사송이 갈고리 기병으로 온고의 몸 한 곳을 찔렀다. 그러자 온고의 얼굴 근육이 일그러지면서 그의 입에서 괴상한 신음 소리가 흘러나왔다.

"지켜야 할 비밀이 많다는 건 안다. 하지만 네가 속한 종파의 이름 정도는 말해줄 수 있지 않느냐? 이 고통을 참아내는 사람을 난 지금껏 보지 못했는데?"

사송이 단호한 표정으로, 고통으로 일그러진 온고의 얼굴을 보며 말했다.

그러자 온고가 본능적으로 입을 열었다.

"신… 화… 밀… 교… 커억!"

고통이 끝나는 소리조차 사람들이 듣기 괴로울 정도였다. 하지만 일단 고통에서 벗어난 온고는 마치 새 생명을 얻은 사람처럼 안도의 숨을 내쉬고 있었다.

"신화밀교라… 난 처음 듣는 이름인데. 혹시 아시오?"

자왕 사송이 나왕에게 물었다.

그러자 나왕이 고개를 저었다.

"나도 처음 듣는 이름이오."

"허어, 이자들의 움직임을 보면 커다란 세력으로 보이는데, 그런 자들의 이름이 세상에 알려지지 않았다니 신기하군."

사송이 고개를 갸웃하며 중얼거렸다.

신비교의 인물들을 추격해 갔다가 숲에서 겪은 위험천만한 상황과 그들의 방비를 생각하면 그 이름이 강호에 알려지지 않았다는 것은 이상한 일이었다.

"그만큼 대단한 자들이라는 뜻 아니겠소."

나왕이 말했다.

그러자 사송이 고개를 끄떡이다가 온고에게 물었다.

"방금 전 그 고통은 견디기 힘들었지?"

"죽여주시오."

온고가 눈에서 살기를 버리고 사정했다.

"몇 가지 더 들어야 할 것이 있어."

"버티려고 결심하면 난 끝까지 버틸 수 있소."

"그래보든지. 아무튼 일단 물어보겠다. 신화밀교의 교주는 누구냐?"

사송의 물음에 온고가 입을 닫고 대답을 하지 않았다.

그러자 사송이 서슴없이 다시 갈고리 모양의 병기를 들어 올렸다. 순간 온고가 급히 입을 열었다.

"큰 스승님들의 존함은 누구도 모르오."

"큰 스승님이라… 그 말을 듣기는 했지. 그런데 그자들의 정체를 모른다고?"

"그렇소. 큰 스승님들은 마치 운중룡과 같아서 그분들이 모습을 나타내고 싶어 하실 때만 세상에 나오시오. 반인반신의 경지에 오른 분들이 그분들이오. 그러니……."

"그러니까, 괜한 짓 하지 말고 널 풀어줘라?"

"그것이 당신들 신상에 좋을 것이오."

"그건 아니지. 널 납치해 오는 순간 우린 이미 너의 그 신화밀교란 조직에서 절대 살려둘 수 없는 존재가 된 거야. 왜냐하면 그렇게 큰 종파가 세상에 정체를 숨기고 있었다는 것은 자신들에게 접근했던 모든 자들을 제거했다는 의미가 되니까. 아닌가?"

사송이 물었다.

사송의 물음에 온고가 반박하지 못하고 입을 다물었다. 사송의 말이 한 치도 틀리지 않기 때문이다.

온고의 말문이 막히자 사송이 다시 말을 이었다.

"반인반신이라는 말은 보통 종교에서는 쓰지 않지. 무림문파에서 쓰는 말이야. 그럼 역시 신화밀교라는 곳은 무림의 사파란 뜻이겠지?"

그러자 온고가 이번만큼은 확실하게 고개를 저어 사송의 말을 반박했다.

"그렇지 않소. 우린 결코 사악한 사람들이 아니오. 우린 힘을 모아 어려움에 빠진 세상 사람들을 구원해 주기 위해 사는 사람들일 뿐이오."

"본래 혹세무민하는 사교의 종자들이 항상 그런 주장을 앞세우지. 누군가 구원자나 절대자가 나타나 도탄에 빠진 세상을 구해줄 거라고. 그 말을 믿은 순진한 사람들은 그런 허무맹랑한 교리에 빠져 그들의 노예로 살아가고 말이야."

"절대 그렇지 않소. 본 교는 오직 세상에서 버림받은 자들을 구원하기 위해 존재하는 종교요. 언젠가 큰 스승님들이 모두 세상에 나오시면 그때는……."

말을 하다 말고 온고가 급히 입을 닫았다.

자신도 모르게 신화밀교란 조직에 대해 술술 토해내고 있었던 것이다.

"이런이런, 계속 말을 해야지."

사송이 재촉했다.

"더 이상 할 말 없소."

"그럼 고통을 받을 텐데."

"마음대로 하시오."

이번만큼은 온고도 단호하게 말했다. 갑작스레 가해졌던 고통에는 자신도 모르게 굴복했지만 일단 마음의 준비가 된 이상 어떤 고통도 견뎌낼 의지가 있어 보였다.

그러자 사송이 자신의 병기로 고통을 가하는 대신 슬쩍 지나

가는 말투로 말했다,

"큰 스승들이란 자들이 정말 그렇게 대단한가?"

"이를 말이오. 그분들 한 분, 한 분의 힘은 가히 무림문파를……."

다시 입을 열다 말고 온고가 입을 닫았다. 노련한 사송의 술책에 자신도 모르게 계속 말려들고 있었던 것이다.

"뭐, 그건 만나보면 아는 것이고. 이제 아주 중요한 걸 물어볼 거야. 만약 이 질문에 제대로 대답을 하면 너에게 살길이 열릴 수도 있다."

사송이 진지하게 말했다.

"기대하지 마시오."

온고가 고개를 저었다.

"일단 들어봐. 너… 이 문양을 아느냐?"

사송이 품속에서 화월과 수명에게서 받은 일곱 개의 불꽃 문양이 새겨진 천 조각을 꺼내 온고의 눈앞에 들이밀었다.

처음에 온고는 희미한 달빛 아래 모습을 드러낸 불꽃 문양을 알아보지 못하고 멀뚱하게 천 조각을 바라보고 있었다. 그러다가 서서히 천 조각에 수놓인 불꽃 문양을 보고는 다시 자신도 모르게 중얼거렸다.

"칠화엽……."

"칠화엽?"

사송이 눈빛을 번쩍이며 되물었다. 온고는 일곱 개의 불꽃 문양에 대해 알고 있는 것이 분명했다.

"이걸 어떻게……?"

온고가 이해할 수 없다는 듯 사송에게 물었다.

"뭘 의미하느냐?"

사송이 눈을 부릅뜨며 되물었다.

제대로 단서를 잡았다는 흥분이 그의 말투에서 느껴졌다.

"음… 말할 수 없소."

온고가 고개를 젓고 다시 입을 닫았다.

그러자 사송이 지금까지와는 전혀 다른 살기 가득한 눈으로 온고를 보며 말했다.

"아마… 네가 상상하는 그 어떤 것보다 강렬한 고통을 느끼게 될 것이다."

"……."

그래도 온고는 입을 열지 않았다.

"좋아. 원한다면 그렇게 해주지."

사송이 기병을 들어 다시 온고의 몸에 가져다 댔다.

그러자 온고가 급히 입을 열었다.

"잠깐, 잠깐 기다리시오."

"말하겠다는 뜻인가?"

"그렇소. 사실 생각해 보면 그건 그리 큰 비밀이 아니어서……."

온고가 생각을 고쳐먹은 듯 말했다.

"그리 큰 비밀이 아니다?"

너무 쉬운 대답에 사송이 오히려 당황한 빛을 보였다.

지난 이십여 년간 사송과 유왕 서리는 이 문양의 비밀을 풀기 위해 전 강호를 뒤졌다. 그런데 학사 온고는 이 문양이 의미하는 바가 그리 큰 비밀이 아니라고 말하고 있었다. 이런 허무한 대답을 들으려고 그렇게 긴 세월 고생을 했나 하는 허탈감마저 들었다.

"말해봐라."

사송이 허탈감을 털어버리며 온고에게 물었다.

"본 교를 조사했다면서 정말 그 문양의 의미를 모른단 말이오?"

온고가 물었다.

그러자 사송이 귀찮은 표정으로 온고를 다그쳤다.

"쓸데없는 소리 말고 대답이나 하거라."

"알겠소. 그 문양은 칠화엽이라고 부르는 것이오."

"그건 이미 말했고."

"일곱 개의 불꽃을 지닌 문양이라 해서 붙여진 이름인데 본 교의 상징물 중 하나요. 정식으로 본 교의 교도가 된 사람들만 사용할 수 있는 문양인데… 정말 몰랐소?"

자신을 납치할 정도라면 이 정도는 당연히 알고 있어야 하지 않느냐는 듯 온고가 물었다.

그러자 사송이 다시 허탈해졌다. 뭐가 이렇게 간단한가 싶은 표정이었다.

그리고 갑자기 의아한 생각이 들었다. 학사 온고를 데려오는 동안 그는 온고에게서 이 문양을 발견하지 못했기 때문이다.

"그럼 넌 정식 교도가 아니라는 말이냐?"

사송이 물었다.

"난 신화밀교의 학사요. 학사란 지위는 그리 간단한 지위가 아니오. 어찌 정식 교도가 아니겠소."

학사 온고가 자부심을 드러내며 말했다.

"그런데 너에겐 칠화엽이 없지 않느냐?"

사송의 말처럼 학사 온고의 옷자락 어디서도 칠화엽의 문양을 찾아볼 수 없었다. 그러자 온고가 어리석다는 듯 말했다.

"설마 소중한 본 교의 표식을 함부로 밖으로 내보이겠소?"

탁!

온고의 말을 듣자마자 사송이 혈도가 제압되어 움직이지 못하는 학사 온고의 팔목을 들어 올렸다. 그리고 소매 안쪽을 살폈다. 하지만 그곳에도 칠화엽의 문양은 없었다.

"어디냐?"

사송이 온고에게 물었다. 그러자 온고가 자신의 발을 힘없이 툭 앞으로 내밀었다.

"다리?"

사송이 조금 의아한 표정을 지으며 온고의 바짓자락을 묶고 있는 발목 대님을 풀었다. 그러고는 온고의 바짓자락을 들춰보았지만 역시 칠화엽 문양은 보이지 않았다.

"없지 않느냐?"

온고가 자신을 놀렸다고 생각한 사송이 차가운 눈으로 온고를 노려봤다. 그러자 온고가 비웃음 섞인 음성으로 말했다.

"손에 들고 있지 않소?"

순간 사송이 온고의 발목에서 풀어낸 얇은 비단 대님을 눈앞에 들어 올렸다.

"아!"

사송이 나직하게 탄식했다. 온고의 발목에서 풀어낸 대님 안쪽에 붉은 칠화엽 문양이 새겨져 있었던 것이다. 더불어 그 반대 끝에는 청색실로 석 삼 자가 새겨져 있었다.

"왜 대님에 이런 표식을 하는 거지? 이 석 삼 자는 무슨 의미냐?"

사송이 온고에게 물었다.

그러자 온고가 자랑스럽게 대답했다.

"내가 본 교의 세 번째 단계의 지위에 속하는 사람이란 뜻이오."

숨길 수 없는 자부심이 느껴진다.

"호오? 대단한 위치에 있었군. 그런 지위에 있는 자들이 학사라 불리는 모양이지?"

"그렇소."

이제는 대화가 제법 술술 진행됐다. 아마도 온고가 하는 말들이 신화밀교에서는 그리 중요한 비밀이 아닌 모양이었다.

그러자 지금껏 자왕과 온고 사이에 오가는 말들을 묵묵히 듣고 있던 불사 나왕이 물었다.

"칠화엽의 모양이 지위에 따라 다르더냐?"

갑작스러운 나왕의 질문에 온고가 나왕을 바라봤다. 그러고는 본능적으로 몸을 움찔했다. 사송의 갈고리 병기보다 날카로워 보이는 나왕의 눈빛을 마주했기 때문이다.

"그… 렇소."

이미 칠화엽의 의미를 말한 이상 나왕의 질문에 대답하지 못할 것도 없었다.

"좋아. 그럼 금색의 불꽃 문양의 어떤 의미냐?"

온고의 바지 대님에서 나온 불꽃은 붉은색이었다. 그런데 본래 혈월야의 밤, 적월의 아버지 몽전의 손에 들려 있던 칠화엽은 금실로 수놓아진 것이었다.

그러니 온고의 붉은색 칠화엽과는 그 의미가 다를 수밖에 없었다.

"금색! 정말 금색의 칠화엽을 봤소?"

온고가 깜짝 놀란 표정으로 물었다. 그건 금색의 칠화엽이 그만큼 특별한 의미를 지니고 있다는 뜻이다.

"어떤 의미냐?"

나왕이 다시 물었다.

"그건… 큰 스승님들만 사용하는……."

온고가 믿을 수 없다는 듯 중얼거렸다.

신화밀교에서 학사란 지위의 위쪽으로는 오직 두 단계의 지위만 있을 뿐이다. 그런 온고조차도 큰 스승들의 실체를 제대로 알지 못했다. 그런데 이자들이 어떻게 금색의 칠화엽을 보았단 말인가? 온고로서는 놀랄 수밖에 없는 일이었다.

"큰 스승들의 표식이라. 생각보다 대단하군."

나왕이 자신도 생각지 못한 일이라는 듯 중얼거렸다.

"결국 신화밀교와 연관이 있단 의미 아니겠소?"

자왕 사송이 무거운 표정으로 말했다. 혈월야의 그 참혹한 혈사가 세상에 감춰진 비밀스러운 사교와 연결되고 있는 것이다. 그렇다면 신화밀교의 역사는 적어도 수십 년 이상 되었다는 뜻이기도 했다.

"대체 신화밀교는 언제 생겨난 것이냐?"

사송이 온고에게 물었다.

"교도들조차 알 수 없는 먼 옛날에 생겨났소."

온고가 대답했다. 그의 대답이 모호한 것은 신화밀교의 주인들이 교도들에게조차 자신들의 정체와 내력을 숨기고 있기 때문일 터였다.

"생각보다는 짧을 수도 있겠군."

"본 교의 전통은 수천 년에 이른다고 하오."

온고가 사송의 말에 반박했다.

"흥, 정확한 교의 역사를 알리지 못하는 것은 애초에 네놈의 신화밀교가 정상적이지 않은 방법으로 탄생했다는 의미다. 그런 종파가 수천 년이나 이어졌을 리 없지."

"감히 본 교를 모독하지 마시오."

사로잡힌 몸이면서도 신화밀교에 대한 모욕을 참을 수 없다는 듯 온고가 소리쳤다.

"이 빌어먹을 놈아. 그따위 사교는 모독당해도 싸. 지금까지 네놈들이 죽인 자가 한둘이 아니지?"

"그건……."

"네놈도 포구 소항에서 죽은 기녀의 일과 관련이 있는 것으로 알고 있는데?"

"……."

온고가 그걸 어떻게 아느냐는 듯 놀란 눈으로 사송을 바라봤다.

"네놈의 꼬리가 그곳에서부터 밟힌 것을 모르겠느냐?"

사송이 퉁명스레 말했다.

"설마 당신들… 화문의?"

온고가 뭔가를 깨달은 듯한 표정으로 물었다.

"우리 같은 사람들이 화문 같은 곳에서 일할 것 같으냐."

사송이 불쾌한 표정으로 말했다.

그러자 온고가 금세 고개를 끄떡였다.

"하긴 그러기에는 너무 강한 사람들이구려. 그럼 대체 당신들의 정체는 뭐요?"

"그건 알 것 없다. 그런데 신화밀교의 본산은 어디냐? 이곳 합비가 본산이냐?"

사송의 물음에 온고가 가볍게 비웃음을 흘렸다.

"신화밀교는 천하에 퍼져 있소. 겨우 합비 하나겠소?"

"그렇군. 그래, 그중 본산은?"

사송이 다시 물었다.

"그건 나도 모르오."

온고가 고개를 저었다.

이번만큼은 진심으로 모르는 것이 분명했다.

"정말 은밀한 조직이군. 그대 정도의 신분을 가진 자가 본산을 모른다니."

사송이 두려움이 느껴지는 표정으로 말했다.

"당신들이 누군지 모르지만 본 교에 맞섰다가는 결국 죽음에 이르고 말 것이오. 천하의 그 누구도 본 교를 상대로 싸울 수 없소."

온고가 경고했다.

"그건 인정하지. 이런 종류의 조직은 상대하기가 매우 힘들어. 하지만… 가끔은 어려워도 싸워야 할 때가 있으니까."

"이쯤에서 물러나시오."

온고가 다시 충고했다.

"그야 우리가 알아서 할 일이고. 그런데 기녀들은 데려다가 어디에 쓰지?"

학사 온고가 새로운 삶을 열어준다는 명목으로 기녀들을 기루에서 빼돌려 왔음을 알고 있는 사송이 물었다.

"그녀들은 본 교의 은혜를 입어 정식 교도가 될 기회를 얻는 것이다. 그야말로 축복인 것이지."

"축복은 무슨… 들어가서 노예처럼 사는 것이 아니냐?"

사송이 따져 물었다.

"노예라니. 그대가 그녀들의 삶을 보기나 했소?"

온고가 반박했다.

"그럼 주향이라는 기녀는 왜 죽었느냐?"

"그야……."

말을 하다 말고 온고가 입을 닫았다.

"대답하지 못하는 걸 보니 확실히 끌고 간 기녀들을 모두 제대로 대우하는 것은 아닌 것 같군."

"그 계집은 감히 본 교를 배신하려 했기에 죽은 것이오."

"배신?"

"본 교의 은혜를 입고도 본 교를 떠나려고 화문의 살수들과 연락을 취했으니 결국 죗값을 받은 것이오."

"스스로 입교와 퇴교를 결정할 수 없다면 그야말로 사교가 아니냐?"

사송이 따져 물었다.

"본 교의 정식 교도로 선택된 자들은 한 가지 맹세를 하오. 죽음이 아니면 본 교를 떠나지 않겠다는 맹세 말이오. 주향이란 계집은 스스로 그 맹세를 어겼소."

온고가 뒤늦은 살기를 드러내며 말했다.

"데려간 자들은 어떻게 쓰이느냐?"

이번에는 불사 나왕이 물었다.

"각자의 특성에 맞게 교리를 공부하거나 무공을… 음!"

온고가 또다시 자신이 실수하였음을 알고 입을 닫았다.

그러나 나왕 등은 이미 온고의 말에서 신화밀교가 교도들을 어떻게 모아 쓰는지 알아챈 이후였다.

"삶이 어려운 자들을 데려다 교도로 키우면 충성심이 남다르겠지. 더군다나 환상적인 교리로 세뇌를 시키면… 아마도 죽음도 불사하지 않는 신도들이 될 터이고. 그렇게 세력을 형성했군."

나왕의 말에 온고의 얼굴 표정이 변했다. 신화밀교가 어떻게 유지되는지 그 비밀의 한 조각을 드러냈다고 생각하는 모양이었다.

"그렇다면 결국 너희 학사라는 자들은 세상의 어려운 자들에게 글을 가르치는 것이 목적이 아니라 자질이 있는 자를 교도로 데려가는 것이 주 임무겠구나."

나왕이 말에 온고가 묵묵부답 대답을 하지 않았다.

그러나 자왕 사송이 말했다.

"이자에게서 들을 말은 대충 다 들은 것 같소만."

"조금 더 들을 게 있지 않겠소? 우리가 갔었던 그 숲의 내막이라든지… 혹은 합비에 있는 이들 조직에 대해서 말이오."

나왕이 대답했다.

"그렇긴 한데 손님들이 오고 있는 것 같소."

사송이 고개를 돌려 흐릿한 달빛 아래 펼쳐진 먼 숲을 바라봤다.

"벌써 말이오?"

나왕이 놀란 표정으로 되물었다.

그들이 이 숲으로 온 지 아직 한 시진도 지나지 않고 있었다.

더군다나 애초에 초가 근처에는 신화밀교의 사람들도 없었다. 그럼에도 불구하고 누군가 오고 있다면 이건 예상보다 훨씬 빠른 반응이라고 할 수 있었다.

"우리가 모르는 선(線)들이 이어져 있었던 것 같소이다."

사송이 대답했다.

"하긴 이런 조직이 그리 허술했을 리는 없을 거요. 처음부터 이상하기는 했지."

나왕이 고개를 끄떡였다.

사람들의 눈을 피해 합비의 신화밀교 거점들을 연결하는 방법이 있을 것이란 의미였다.

"일단 어떤 자들이 오는지 보고 이후에 이자들의 거점에 대해 알아봅시다. 어쨌든… 시작은 해야 할 일이니."

사송이 말했다.

"그럽시다. 적월, 이자를 옮겨라."

"알았어요."

나왕이 적월을 보며 말하자 적월이 대답을 하고는 온고의 아혈을 제압한 후 옆구리에 끼어 들었다. 그러고는 마치 아무것도 들지 않은 사람처럼 절벽 아래로 몸을 날렸다.

스스스!

바람 소리처럼 들리지만 바람 소리는 아니었다. 그럼에도 나뭇가지들은 가벼운 움직임을 일으켰다. 그리고 그들이 나타났다. 모두 일곱의 숫자, 하나같이 검은 무복을 입은 자들이다.

터덕!

그들은 굳이 자신들의 기척을 숨기지 않았다. 그렇다고 요란한 소리를 내는 것도 아니어서 그저 일상적으로 숲을 이동하는 사람들 정도의 소리와 움직임이었다.

그리고 그들 중 한 명이 자세를 낮춰 어두운 땅을 유심히 살폈다. 그러다가 낮은 음성으로 입을 열었다.

"여기서 잠시 머물렀습니다."

사내의 말에 일곱 중 한 명이 응답했다.

"얼마나 되었나?"

"방금 전까지 있었습니다."

사내가 대답했다.

"그래? 그럼 우릴 보고 있겠군. 숨어 있지 말고 나서라!"

우두머리인 듯한 사내가 주변을 돌아보며 낮게 소리쳤다. 자신들이 추적해 온 자들이 근처에 있다고 확신하는 듯 보였다.

그러나 사내의 외침에도 나타나는 사람은 아무도 없었다.

"더 먼 곳으로 도주하지 않았음을 안다. 나서라!"

사내가 다시 소리쳤다.

그러나 여전히 주변에서 인기척은 느껴지지 않았다.

그러자 사내가 어쩔 수 없다는 듯 자신과 함께 온 흑의인들에게 명을 내렸다.

"나오지 않겠다니 찾을밖에. 흔적을 찾게."

사내의 명에 처음 땅을 살폈던 자가 다시 무릎을 꿇고 땅 위를 살피며 조금씩 움직이기 시작했다. 땅 위에 남아 있는 사람의 흔적을 따라 움직이는 것이었다. 방향은 북쪽 절벽. 절벽까지의 거리가 그리 멀지 않았으므로 추격은 금세 끝날 상황이었다.

그런데 사내가 땅 위의 흔적을 따라 채 삼 장을 이동하기 전에 갑자기 모두를 당황시키는 일이 일어났다.

팟!

"악!"

한 줄기 날카로운 빛이 번쩍이고, 동시에 날카로운 비명이 터져 나왔다. 그리고 달빛을 타고 붉은 피가 꽃처럼 번져 나왔다. 땅 위를 살피던 자의 목에서 터져 나온 피였다.

"적이닷!"

"물러나라!"

다급한 흑의인들이 외침이 요란하게 터져 나왔다. 지금까지의 자신만만했던 움직임을 생각하면 무척 당황한 것이 분명했다. 더군다나 동료의 목을 벤 자의 기이한 병기가 계속 땅속에서 움직이고 있었다.

서걱!

날카로운 절단음이 이어졌다.

"악!"

다시 비명 소리가 터져 나오고 흑의인 중 한 명이 땅속에서 솟구친 괴병기에 발목을 잘린 채 땅에 너부러졌다.

"진(陣)을!"

흑의인들의 우두머리가 짧게 명을 내렸다.

그러자 흑의인들이 일제히 그의 주위로 몰려들었다. 순식간에 원형의 진을 만든 흑의인들 주위로 단단한 강기의 막 같은 것이 생겨났다. 평소에 수없이 수련한 진법임이 분명하다.

그러나 그런 그들조차 예상치 못한 것이 있었다. 그건 바로 자왕 사송의 움직임이었다.

사송은 진의 영향이 미치지 못하는 땅속으로 이동해 한순간 진 한쪽으로 솟구치며 기병을 휘둘렀다.

콰아!

사송의 움직임에 따라 오래 묵은 흙들이 분수처럼 일어났다. 그리고 그 안에서 다시 비명 소리가 들렸다.

"컥!"

여지없이 사송의 기병에 발목이 베인 흑의인 한 명이 쓰러졌다. 벌써 세 명째, 그리고 이제 남은 것은 겨우 넷, 진은 당연히 허술해졌다.

"후퇴한다."

흑의인의 우두머리는 판단이 빠른 자였다. 더 이상 이 괴상한 고수를 당해낼 수 없다고 판단한 그가 즉시 후퇴를 결정했다. 일단 물러난 후 좀 더 보강된 전력으로 와야 한다는 것을 깨달은 것이다.

그러나 그의 계획은 다시 한번 어그러졌다.

"너희들이 갈 곳은 없다."

아름드리나무 위에서 차가운 목소리가 들리더니 땅속 괴고수를 피해 허공으로 몸을 날리는 흑의인들 위로 강호에서 보기 힘든 강렬한 검기가 떨어져 내렸다.

쩌쩌적!

검기의 강렬함에 굵은 나뭇가지들이 비명을 지르며 잘려 나갔다. 그리고 잘려 나간 나뭇가지들이 그대로 네 명의 흑의인을 덮쳤다.

"헛!"

나뭇가지가 덮치자 흑의인들이 몸을 피하려고 검을 휘둘러 떨어지는 나뭇가지들을 베어냈다.

그런 그들을 향해 이번에는 가는 줄처럼 날카로운 검기가 뻗어왔다.

"악!"

"컥!"

두 마디 비명과 함께 흑의인들이 땅에 너부러졌다.

그 와중에 나뭇가지를 걷어낸 다른 두 명이 다시 도주를 하려는데 하늘과 땅속에서 두 명의 괴인이 튀어나와 길을 막았다.

"흐흐, 어딜 가려고?"

땅속에서 튀어나온 사송이 흑의인 중 한 명을 보며 능글맞게 웃었다.

"네놈들… 대체 누구냐?"

혹의인들의 우두머리가 분노한 목소리로 물었다.

"차차 알게 될 거야. 물론 그 전에 너희들에게 들어야 할 말이 있지만."

"감히 우리가 누군 줄 알고 이런 일을 꾸몄느냐?"

혹의인이 협박하듯 물었다.

그러자 사송이 다시 대답했다.

"지난 저녁 일을 시작할 때까지는 몰랐는데, 이젠 정확히 알고 있지. 신화밀교의 교도 나으리!"

제5장
신화밀교(神火密教)의 신터

　검이 움직이는 순간 흑의인은 대항하는 것을 포기했다. 검에서 느껴지는 강렬한 기운이 그가 대항은커녕 손가락 하나 까딱할 수 없게 만들었다.

　그로서는 이런 절대적인 무공을 가진 존재가 자신들의 일에 개입했다는 것이 믿을 수 없을 정도였다.

　흑의인에게 손을 쓴 것은 불사 나왕이었다.

　줄곧 신화밀교의 교도들을 상대했던 자왕 사송은 다만 그들의 퇴로를 막았을 뿐이고, 그와 말씨름을 하던 흑의인들의 우두머리와 유일하게 남아 있는 그 수하를 제압하는 일은 나왕이 맡았다.

　그리고 나왕은 사송과 전혀 다른 모습으로 두 사람을 제압했다. 압도적인 무공, 그리고 전율적인 기세. 그 기세 앞에서 두 사람은 맹수 앞에 놓인 연약한 사냥감처럼 어떤 반항도 하지 못했다.

쩌정!

두 개의 검이 단번에 부러져 나갔다. 아니, 부러졌다기보다는 부수어진 모습이었다. 검의 파편들이 사방으로 흩어지고 그 사이로 나왕의 손이 들어와 두 흑의인의 급소를 거의 동시에 가격했다.

퍽!

수하로 보이는 자가 나왕의 주먹에 맞고 그 자리에 쓰러졌다. 그러나 그들의 우두머리였던 자는 가까스로 나왕의 주먹을 흘려 맞았다.

팟!

나왕의 주먹이 우두머리의 어깨 어림을 스치고 지나갔다. 그것만으로도 흑의인들의 우두머리가 크게 휘청였다. 그러자 그를 지나치던 나왕이 뒤로 손을 뻗어 흑의인의 뒷덜미를 낚아챘다.

"헛!"

급작스레 뒷덜미가 잡혀 허공으로 떠오른 흑의인의 입에서 헛바람 소리가 흘러나왔다. 그러면서도 사내가 본능적으로 권술을 펼쳐 나왕을 공격하려 했다.

그러나 그의 주먹은 나왕의 손에 모두 막혔다. 나왕의 손은 이미 검을 거두고 백화수를 시전하고 있었는데, 사내의 주먹은 도저히 나왕의 백화수를 뚫을 수 없었던 것이다.

그러다가 결국 사내의 팔목이 나왕의 손에 잡혔다.

우두둑!

나왕이 사정없이 사내의 팔목을 꺾었다.

"악!"

생뼈가 부러져 나가는 고통에 사내의 입에서 커다란 신음 소리가 흘러나왔다.

"조용히 있거라. 난 사마외도의 무리에겐 사정을 두지 않는 사람이니까."

나왕이 흑의인의 혈도를 짚어 힘을 잃게 한 후 땅바닥에 내동댕이치며 말했다.

쿵!

"억!"

사내의 입에서 다시 신음 소리가 흘러나왔다.

"그놈 참, 우두머리라는 놈이 왜 이렇게 엄살이 심해?"

땅에 내동댕이쳐진 사내 발목을 잡아 들며 사송이 퉁명스럽게 말했다. 그의 손이 능숙하게 사내의 발목에 감긴 대님을 풀었다.

"역시 붉은색이군. 그럼 그놈과 같은 지위란 뜻인데. 너도 학사냐?"

사송이 대뜸 물었다.

그러자 대님이 풀린 사내의 얼굴에 잔뜩 경계의 빛이 떠올랐다. 사송의 태도에서 이자들이 자신들에 대해 많을 것을 알고 있다는 걸 깨달았기 때문이다.

"너희들… 누구냐?"

"그건 알 거 없고. 너도 학사냐?"

"그렇다."

사내가 대답했다.

"뭔 학사란 놈들이 이렇게 검을 잘 써? 어? 그런데 이것 봐라. 조금 다른데?"

사송이 다시 대님을 들여다보다가 뭔가를 발견한 듯 말했다.

"뭐가 말이오?"

불사 나왕이 물었다.

"숫자를 새긴 글씨도 색이 다른 것 같소. 앞서 놈의 대님에는 숫자를 청색으로 새겼었는데 이놈은 검은색이오."

사송의 말에 불사 나왕이 사송의 손에서 대님을 받아 들고 그 안의 숫자를 살폈다. 그러더니 고개를 끄떡였다.

"과연 그렇구려. 같은 삼 자인데 색은 검은색이구려. 이봐. 숫자의 색은 무슨 의미지? 칠화엽의 또 다른 구분이냐?"

나왕이 바닥에 너부러져 있는 흑의인들의 우두머리에게 물었다.

"칠화엽을 아는구나?"

사내가 뜻밖이라는 표정으로 물었다.

"큰 비밀은 아니라던데? 신화밀교에서는."

"설마… 온 학사가 입을 열었단 말이냐?"

"뭐, 들을 만큼은 들었는데 이 숫자의 색이 가지는 의미는 말하지 않아서 말이야. 무슨 의미지? 큰 비밀도 아닐 것 같은데……."

"온 학사가 배신을!"

사내에게는 나왕의 질문보다는 학사 온고가 배신을 했다는 것이 더 중요한 모양이었다.

"아아, 그도 그럴 수밖에 없었어. 내 고문 기술은 강호에서도 첫 손가락에 꼽거든."

사송이 슬쩍 사내에게 겁을 줬다.

"고문을 못 이길 사람이 아닌데……."

흑의인이 의아한 표정으로 중얼거렸다.

"글쎄, 내 고문이 특별하다니까? 어떻게 한번 경험해 보겠어?"

사송이 기병을 들이대며 흑의인에게 다가갔다.

그러자 흑의인이 재빨리 입을 열었다.

"그럴 것 없소. 사실 대단한 비밀도 아니니까. 숫자의 색은 우리가 하는 일의 종류를 나타내는 것이오."

"하는 일의 종류라… 어떤 거지?"

"교리를 공부하거나 무공을 수련하거나 뭐 그런 식으로 구분하는 것이오."

"오호라, 소림의 무승과 선승, 학승을 구분하는 것과 같은 이치군."

"그렇소."

"보자. 그럼 이 검은색의 의미는 역시 신화밀교의 무인이란 뜻이겠군."

사송이 대님을 들어 보이며 물었다.

"그렇소."

"그럴 줄 알았어. 무공이 제법 대단하더라고. 그 온고란 자와는 다른 수준이었지."

사송이 다시 고개를 끄떡였다.

그러자 흑의인이 진심으로 궁금한 듯 물었다.

"대체 당신들은 누구시오?"

"그건 말해줘도 몰라. 넌 그냥 우리가 묻는 말에나 대답하면 돼. 너… 그 숲에서 왔지?"

사송이 질문을 던지는 순간 사내의 눈빛이 흔들렸다.

"숲이라니. 그게 무슨……?"

"웬 시치미야? 성 북쪽 하루 반나절 가면 나오는 숲 말이야. 사방에 진이 펼쳐져 있는!"

"역시 당신들이 얼마 전의 그……?"

"응, 그래. 우리가 얼마 전 거기 갔던 사람들이야. 아주 놀랍더라고. 그래서 궁금했지. 대체 어떤 자들인가 하고 말이야. 학사 온고란 놈을 추적해 왔는데 설마 이런 기이한 사교를 만나게 될 줄은 우리도 몰랐어."

"사교라니 말조심하시오! 우린 어두운 세상을……."

"갈(喝)!"

사송의 입에서 서슬 퍼런 호통이 터져 나왔다. 그 호통은 지금까지의 말투와는 달리 거스를 수 없는 위엄과 살기를 내포하고 있어서 말을 하던 흑의인의 입이 본능적으로 닫히고 말았다.

"네놈들이 아무리 신교니, 세상을 구원한다니 떠들어도 그런 것이 누군가의 죽음 위에서 이뤄진다면 사교다. 나라를 세우겠다는 자들이나 무림을 제패하겠다는 자들이 아닌 이상, 죽음 위에 세울 종교는 없는 것이다. 그러니 그따위 궤변은 더 이상 늘어놓지 말거라."

사송의 호통에 흑의인이 잠시 말문을 잃은 듯하다가 무거운 음성으로 물었다.

"설마 본 교에 의해 가족이나 친인을 잃은 것이오?"

"아마도."

칠화엽이 혈월야와 연결되어 있다면 당연한 일이다.

"대체 어떤 사람들의 죽음 때문에 이러는 것이오?"

"이 빌어먹을 놈아. 그걸 말해주면 우리 정체가 드러나는데 그걸 말해줄 것 같냐?"

"이곳에 달리 듣는 사람도 없지 않소? 혹시 오해로 생긴 일이라면 내가 그 오해를 풀어보겠소."

"됐고! 우린 아무래도 그 숲으로 다시 가서 거기 우두머리를 만나야 할 것 같은데 안내할 마음이 있느냐?"

사송이 물었다.

이런 자에게서 혈월야에 대한 답변이 나올 리 만무하기 때문이었다. 혈월야의 밤에 남겨진 칠화엽은 황금색이었다. 신화밀교에 관여된 사람이 있다면 적어도 이들이 큰 스승이라고 부르는 자들 정도일 것이다.

당시 십이지방의 고수들을 상대하기에 지금 사송 등에게 잡혀 있는 적색 칠화엽의 신화밀교 교도들은 너무 약한 자들이었다.

그러니 이자의 입을 여는 것보다 이자를 데리고 그들의 본거지로 가서 더 높은 지위의 인물을 만나보는 것이 옳은 결정이었다.

"설마 나더러 불순한 자들을 신터로 끌어들이란 말이오?"

흑의인이 말도 되지 않는다는 표정으로 되물었다.

"신터라. 그렇게 부른다지? 그곳을? 세상 곳곳에 그런 신터들이 있다는 건데. 우리가 원하는 것은 이곳 합비 신터의 우두머리를 만나는 것이다. 그 정도는 할 수 있지 않느냐?"

사송이 다시 물었다.

그러자 흑의인이 단호하게 고개를 저었다.

"그럴 수 없소."

"그럼 고문을 견뎌야 할 거야."

"그렇게 하시오."

흑의인이 당당하게 말했다.

어떤 고문이든 견딜 수 있다는 의미였다. 그런데 그런 그가 그 즉시 비명을 내질렀다.

"악!"

고문을 견딜 수 있다는 장담과는 달리 흑의인의 표정이 비명과 함께 일그러졌다.

그의 옆구리 근처에는 어느새 사송의 기병이 깊이 박혀 있었다. 죽음을 부르는 사혈은 아니지만 사람의 고통을 최대치로 끌어 올리는 곳을 찌른 것이다. 더군다나 예상치 못한 시점에 가해진 공격은 흑의인이 느끼는 고통을 수배로 키웠다.

"커억!"

"어때, 견딜 수 있겠어? 난 이대로 반나절은 널 살려둘 수 있다."

"주… 죽여… 주시오."

"우릴 신터로 데려가겠나?"

"그… 건 할 수 없소."

극심한 고통 속에서도 사내가 고개를 저었다. 그러자 사송이 갑자기 그의 몸에서 자신의 병기를 쑥 빼냈다. 그러자 사내의 고통도 순식간에 사라졌다.

사내를 고통으로부터 해방시켜 준 사송이 불사 나왕을 돌아보며 말했다.

"역시 두 번째 방법을 써야겠소이다."

"그럽시다."

나왕이 담담히 대답했다.

"이번 미끼는 훌륭한 듯하니 분명 대어가 올 것이오."

사송이 흑의인을 보며 중얼거렸다.

＊ ＊ ＊

탁탁탁!

궁기(窮氣) 가득한 소년이 오래된 서점의 문을 두드렸다. 그러나 서점 안에서는 어떤 기척도 들리지 않았다. 생각해 보면 고서점이 문을 열기에는 너무 이른 시간이기는 했다.

본래 합비 성내의 시전 장사치들이 상점의 문을 여는 것은 정오가 될 무렵부터였다.

여행객들에게 이른 아침을 파는 일부 반점들은 일찍 문을 열기도 하지만, 대부분의 상점들은 아침나절에는 문을 닫고 있었다. 그러니 고서적을 파는 서점 역시 문을 열기에는 이른 시간이었다.

그러나 그럼에도 불구하고 소년은 계속해서 서점 문을 두드렸다. 그러자 간밤 서점에서 잤는지 잠에서 덜 깬 눈을 부비며 중년 사내가 서점 문을 열었다.

"이렇게 일찍 대체 뉘시오? 어? 넌 웬 녀석이냐?"

서점 주인이 허름한 차림의 작은 소년을 보며 뜨악한 표정으로 물었다. 허름하기는 하지만 거지는 아니어서 동냥을 하기 위해 온 것 같지는 않았다.

"심부름을 왔는데요?"

"심부름? 누구 심부름?"

"학사 온고란 분의 서찰을 가지고 왔어요."

순간 서점 주인의 눈빛이 번뜩였다.

"그가… 직접 네게 서찰을 주었느냐?"

서점 주인이 긴장한 표정으로 물었다.

"아마… 그렇지 않을까요?"

소년이 되물었다,

"그건 또 무슨 소리냐? 넌 분명 학사 온고란 사람의 서찰을 가져왔다고 하지 않았느냐?"

"그렇긴 한데. 이 서찰을 준 사람이 그 사람인지는 모르겠다는 거죠. 그냥 그렇게 말만 전하라고 했으니까요."

차림새와 달리 무척 당돌한 소년이다.

그런 소년을 잠시 바라보던 서점 주인이 다시 물었다.

"달리 한 말은 더 없느냐?"

"은전을 세 냥 정도는 줄 거라고 하던데요?"

소년이 서점 주인의 눈치를 살피며 말했다.

그러자 서점 주인이 망설이지 않고 품속에서 은자 다섯 냥을 꺼내 소년에게 건넸다.

"수고했다."

"이렇게 많이요?"

소년이 놀라 되물었다.

"음, 내가 기다리던 소식이다. 그만 가보거라."

"예, 어르신. 그럼 안녕히 계세요."

소년이 혹시 은자를 다시 빼앗길까 걱정이 되는지 서둘러 고서점을 떠나갔다. 그러자 그 모습을 보고 있던 서점 주인이 재빨리 주위를 살피고 아무 이상도 없음을 확인 후, 문을 닫고 서점 안으로 들어갔다.

고서점의 뒷문으로 사람이 나와 작은 골목을 지나 성문 밖으로 달려 나간 것은 소년이 서점에 서찰을 전한 지 채 이각이 지나지 않아서였다.

그 모습을 불사 나왕과 적월이 제법 높은 객잔에서 지켜보고 있었다.

"확실히 효과가 있네요."

적월이 고서점을 빠져나간 자가 더 이상 보이지 않자 입을 열었다.

"당연한 일 아니겠느냐? 저런 비밀스러운 조직일수록 자신들의 영역이 침범받는다고 판단되면 행동이 빨라지는 법이니라. 마치 어둠 속에 숨어 사는 생쥐들처럼 말이다."

나왕이 대답했다.

"반응할까요?"

"아마도……."

나왕이 다시 대답했다.

"우리가 감당할 수 있을까요?"

"두려우냐?"

"세력이 만만치 않은 자들이니까요. 우릴 추적해 왔던 자들만큼 실력을 가진 자들이 수십 명 몰려오면 상대하기 쉽지 않을 텐데요."

"후후후, 그래서 장소를 그 포구로 정한 것 아니냐. 작은 포구라지만 사람들의 눈이 있으니 교도들을 대거 몰고 오지는 못할 거다. 아마 개중 고수라는 자들 소수가 올 거야. 그리고 만약에 수십 명이 몰려오면 그땐 강으로 유인하면 그만이다. 이후엔 오히려 놈들의 수뇌를 잡기가 더 수월할지도 모르지."

나왕이 무심하면서도 서늘한 표정으로 말했다.

"결국 일전이 불가피하겠군요?"

"혈월야에 관련된 일이니까. 자왕이나 유왕도 칼을 쓰는 것을 망설이지 않을 것이다. 다만… 그 전에 확인할 것이 있기는 하지."

"역시 신화밀교가 혈월야의 주역인지, 아니면 그중 일부가 관여한 것인지를 확인해야 하는 것이겠죠?"

"그렇지. 만약 신화밀교 전체가 관여한 것이 아니라면 굳이 그들과 전면전을 각오할 필요는 없을 것 같기도 하고… 또 모르지. 그 중심으로 다가가기 위해선 필연적으로 큰 싸움을 해야 할지도."

나왕이 모호한 표정을 지었다.

"어려운 일이군요."

적월이 어두운 표정으로 말했다.

신화밀교에서 금빛 칠화엽을 사용하는 자들은 온고의 말대로라면 극히 일부다. 그리고 그들은 모두 운중룡처럼 신화밀교의 교도들에게도 얼굴을 보이지 않은 채 살아가는 자들이다,

그런 자들이 이십여 년이 지난 혈월야와 어떤 식으로 연관되었는지 확인하는 것은 결코 쉬운 일이 아니었다.

어쩌면 그들을 만나기도 전에 죽음의 위협이 찾아올 수도 있었다. 그렇게 되면 진정한 적이 누군지도 모르고 싸워야 하기 때문에, 지금으로서는 가급적 십이천문의 정체를 숨기고 금빛 칠화엽의 주인들을 추적해야 했다.

"어려운 일이기는 해도 결국 해야 할 일이지."

"그렇지요."

"내가 바라는 바는 아니지만 어쩌면 네 평생의 업이 될 수도 있다."

나왕의 말에 적월이 고개를 끄떡였다. 그러다 문득 물었다.

"만약 그것이 신화밀교 전부가 관련된 일이라면 이 종파를 멸절시킬 수 있을까요?"

"그것도 부담스러운 일이지. 예를 들어 기녀의 삶을 살다가 신화밀교에 입교한 여인들 같은 경우 아무런 상관이 없지 않느냐? 결국… 우두머리들을 찾아 해결을 봐야 하는 일이다."

"이러나저러나 큰 스승이라는 자들을 만나봐야겠군요."

"그렇다고 봐야지."

"어떤 자들인지 궁금해요. 이런 거대한 종파를 비밀리에 운영한다는 것을 보면 대단한 능력자일 텐데."

"그러게 말이다. 대체 어떤 자들일지……."

나왕도 어두운 낯빛으로 중얼거렸다.

적월과 나왕은 해가 질 무렵 객잔을 떠났다. 그사이 오래된 고서점에서는 더 이상 어떤 움직임도 없었다.

객잔을 떠난 그들은 성을 벗어나 관도를 따라 달리다가 한순 간 방향을 틀어 인근에 흐르는 작은 강줄기 쪽으로 숲을 관통 했다. 그리고 그곳에서 두 사람은 오랫동안 만나지 못했던 두 사 람을 만났다.

유왕 서리와 공예였다.

"오라버니!"

공예가 적월을 보자 안길 듯한 모습으로 다가왔다.

"왜 이래?"

팔짱을 끼는 공예를 슬며시 밀어내며 적월이 말했다.

"에이, 반가워서 그러죠. 오라버니는 날 보고 싶지 않았어요?"

"매일 봤으면서 뭘."

사실 그동안 유왕 서리와 공예는 일정한 거리를 두고 나왕과 적월의 뒤를 살피고 있었다. 두 사람이 노출되어 누군가에게 뒤 를 밟히는 것을 걱정했기 때문이다.

"에이, 멀리서 보는 것과 이렇게 가까이서 보는 게 같은가요?"

공예가 입을 삐쭉이며 토라진 듯 말했다. 그럼에도 적월은 공 예를 지나쳐 유왕 서리 앞으로 다가갔다.

"고모님!"

적월이 서리에게 가볍게 고개를 숙여 보였다.

"어서 와라. 고생했다."

"고생은요. 모든 일은 자왕 숙부께서 하고 계신걸요."

"본래 자왕 오라버니는 천성이 부지런한 사람이다. 없는 일도 만들어서 하는 사람이니까. 아마 지금 무척 즐거울 게다."

"그런데 아직 안 오셨네요?"

"시간이 좀 걸릴 게다. 마땅한 배를 찾는 것이 쉬운 일이 아니니까."

유왕 서리가 말했다.

"놈은 어떻소?"

뒤늦게 두 사람에게 다가온 불사 나왕이 유왕 서리에게 물었다. 그러자 서리가 그들로부터 십여 장 떨어진 덤불 속을 가리키며 말했다.

"별일 없어요."

"죽지는 않겠소? 자왕께서 제법 깊게 찔렀는데."

"그게 또 오라버니의 장점이죠. 죽지 않을 만큼 찌르는 거."

"그렇구려. 그나저나 자왕께서 빨리 오셔야 하는데……."

불사 나왕이 노을이 지는 강을 바라보며 중얼거렸다.

배가 나타난 것은 어둠이 세상을 서서히 장악해 가기 시작할 무렵이었다.

배는 무척 낡아 보였다. 아니, 낡은 것이 아니라 배로서의 구실을 거의 끝내가고 있는 것이 분명해 보였다.

곳곳에 구멍이 나 있기도 하고, 물이 들어오는 것을 막기 위해 여기저기 누더기처럼 나무를 대놓은 곳이 한두 곳이 아니었다. 배 중앙에는 그래도 그나마 모양을 갖춘 작은 선실이 있었는데, 그 선실 벽조차도 바람이 숭숭 드나들 만큼 커다란 구멍이 나 있었다.

"으차!"

약속한 장소에 이른 자왕 사송이 배에서 뭍으로 밧줄을 던졌다. 그러자 적월이 재빨리 밧줄을 받아 들고 강변 옆, 굵은 아름드리나무에 밧줄을 묶었다.

그사이 사송이 몸을 날려 강변에 내려섰다.

"수고하셨어요. 숙부님!"

적월이 사송에게 다가서며 말했다.

"고생은 좀 했다. 갑자기 배를 구하려니 쉽지 않더구나."

사송이 대답했다.

그러자 배 옆으로 다가가 배의 상태를 살피던 공예가 물었다.

"이게 배예요?"

"그럼 배가 아니면 뭐냐?"

사송이 퉁명스레 대답했다.

"이걸 금자를 주고 사신 거예요?"

공예가 다시 물었다. 이런 몰골의 배를 금자를 주고 사왔느냐는 타박이다.

"물에 뜨기만 하면 되지. 그리고 하룻밤 쓸 건데 뭐 어때? 더군다나 배의 밑을 보면 생각보다 탄탄해서 물에 가라앉을 염려는 없으니 걱정 말거라."

"이 배로 그들을 따돌릴 수 있을까요?"

공예는 여전히 신뢰할 수 없다는 표정으로 중얼거렸다.

"그들을 따돌리는 것은 이 배의 역할이 아니다."

어느새 다가온 유왕 서리가 공예에게 말했다.

"이 배로 그들을 유인하기로 한 것 아닌가요?"

"유인은 하지만 이 배를 타고 탈출하는 건 아니다. 그걸 위한 준비도 해오셨겠지요?"

서리가 사송에게 물었다.

"당연하지. 뒤쪽에 있다."

사송이 손을 들어 허름한 배 뒤쪽 어두운 수면을 가리켰다. 그러자 그곳에 사송이 끌고 온 배보다 오분지 일도 되지 않는 날렵한 배 한 척이 더 보였다. 작기도 작았지만 높이도 낮아서 선체가 아예 수면에 닿아 있는 것처럼 보였다. 그래서 사람들의 눈에 단번에 띄지 않았던 것이다.

"좋군요. 빠르겠어요."

"고기떼를 따라잡으면서 그물을 치는 사람들에게 구한 것이라 무척 빠를 거야."

사송이 자신 있게 대답했다.

그러자 다시 공예가 입을 열었다.

"그러니까 이 큰 배는 단지 그들을 유인하는 역할이고, 만약의 경우에는 저 배를 타고 탈출한다는 뜻이군요."

"그렇지. 그래서 넌 하루 종일 네 사부와 함께 저 배에 있어야 한다."

역시 뒤를 맡는 것은 유왕 서리와 공예의 몫이었다.

그러자 유왕 서리가 말했다.

"그럴 일이 있겠어요? 오라버니와 불사께서 함께 계신데… 도주할 일은 없을 것 같아요."

유왕 서리는 나왕과 사송의 무공을 깊이 신뢰하고 있었다.

두 사람 중 한 사람은 사십 대의 나이에 천하십대고수의 반열에 오른 사람이고, 다른 한 사람은 그녀가 수십 년 동안 지켜봐온 숨은 고수였다. 그녀가 생각하기에 현 강호에서 이 두 사람을 동시에 감당할 수 있는 고수는 거의 없었다. 그런 면에서 보면 사실 이런 치밀한 준비가 필요 없을지도 모르는 일이었다.

하지만 그럼에도 불구하고 사송은 언제나 모든 것을 준비했다. 본래 치밀한 성격이기도 하지만 혈월야를 겪고 난 이후 버릇처럼 굳어진 행동이기도 했다.

"만사불여튼튼… 혈월야를 생각하면……."

사송이 중얼거렸다. 그의 목소리에서 과거 십이지방에 일어났던 혈월야에 대한 자책감이 묻어났다.

"그만하세요. 오라버니 잘못이 아니에요."

"누가 내 잘못이래? 그냥 기분이 그런 거지."

사송이 침울하게 말했다.

그러자 나왕이 다가서며 말했다.

"일단 놈을 약속한 장소로 옮깁시다."

"그럽시다. 기분이 우울할 때는 일을 하는 게 제일이지."

사송이 선뜻 대답했다.

숲은 강변의 절벽 위로 이어져 있었다. 절벽이라고 해봐야 낮은 곳은 사오 장, 가장 높은 곳이라야 이십여 장밖에 되지 않았다.

만약 절벽의 높이가 더 높았다면 숲이 아니라 산으로 불렸을 것이지만, 아무래도 산으로 불리기에는 절벽의 높이가 지나치게 낮았다.

그 중턱에 적월과 십이천문의 고수들이 모였다.

등 뒤로는 십여 장 높이의 절벽이 있었고, 절벽 아래쪽으로는 제법 세찬 물살이 부딪치고 있었다.

그로부터 얼마 떨어지지 않은 곳에는 자왕 사송이 구해온 낡은 배가 둥실 떠 있었는데, 선실에 빛이 없어 언뜻 보기에는 그냥 버려진 폐선(廢船)같은 느낌을 주었다.

적월과 나왕, 그리고 사송은 절벽 위에서 주변의 지형을 세세히 살피고 있었다.

미리 준비한 활과 화살 역시 적당한 위치에 놓아둔 후, 세 사람이 다시 한자리에 모였다.

그들 앞에는 학사 온고가 무릎을 꿇고 있었는데, 지독한 고문을 당한 후에도 그는 그런대로 건강해 보였다.

"이봐, 네 생각은 어때? 과연 신화밀교에서 널 구하러 올까?"

사송이 기병 끝으로 학사 온고의 턱을 들어 올리며 물었다.

"반드시 올 것이다. 와서 너희들의 목을 벨 것이다."

"그래? 나 같으면 널 버릴 것도 같은데?"

"본 교의 교도들은 미천한 일을 하는 사람조차도 교의 보호를 받는다. 그것이 본 교의 교도들이 죽음을 마다 않고 교에 충성하는 이유다. 그러니 반드시 올 것이다."

"다행이군. 난 사실 너희 신화밀교의 사람들이 대를 위해 소의 희생쯤은 아무렇지도 않게 생각하는 줄 알았거든."

"그런 일이 일어나는 것은 모두 스스로 원해서 희생하는 경우다."

"좋아, 좋아. 그럼 나야 좋지. 그런데 그 전에 약간의 정보를 좀 줘봐. 합비의 신터를 책임지는 자는 어떤 자지?"

"스승에 대해선 말할 생각이 없다. 직접 만나보면 알게 될 것이다. 그리고 반드시 후회할 것이다. 스승께선 본 교에서 무학에 관한 특별한 능력을 인정받는 분이시니까."

"스승이라… 큰 스승 다음의 지위란 뜻이군."

"……."

온고가 더 이상 입을 열지 않았다. 하지만 그러면서도 사송이 다시 고문을 할까 두려워하는 빛을 보였다.

그런 온고의 어깨를 사송이 툭 쳤다.

"걱정 마. 더 이상 고문 따위는 하지 않을 테니까. 아무튼 그 스승이란 자를 잡으면 신화밀교의 좀 더 깊은 곳으로 다가갈 수 있겠군."

말을 하는 사송의 눈빛이 그 어느 때보다도 강하게 빛났다.

온고가 자신한 대로 그들이 나타났다.

그리고 언제나처럼 그들을 가장 먼저 발견한 사람은 자왕 사송이었다.

삑!

날카로운 밤새 소리에 적월과 나왕이 소리가 난 쪽으로 시선을 돌렸다. 그러자 나무 위에서 사송이 가볍게 손짓을 했다.

나왕과 적월이 사송의 신호를 알아듣고는 빠르게 움직이기 시작했다.

스스!

성 북쪽 신화밀교의 신터에 접근했을 때 그곳에서 신화밀교의 무인들이 보여주었던 것과 같은 움직임이 일어났다. 숲이 물결치듯 움직였고, 그 물결을 따라 검은 인영들이 파도를 타듯 밀려왔다.

나무 위에서 적의 움직임을 살피던 자왕 사송이 아래쪽을 보며 손가락 둘을 가리켰다.

"생각보다 많네요."

적월이 말했다.

손가락 둘이면 스무 명이라는 뜻이다.

"그렇구나. 일부 고수들만 올 줄 알았는데… 제법 많은 교도들도 데려온 모양이다."

"그래도 계획은 변함없는 거죠?"

"물론 숫자야 무슨 상관이겠느냐?"

나왕이 가볍게 검의 손잡이를 만지며 말했다.

"헤헤, 역시 사부님이세요. 하긴 몇이 온들 무슨 상관이겠어요. 천하십대고수께서 계신데."

"이놈, 그런 말을 함부로 하는 것이 아니다."

나왕이 짐짓 엄한 표정으로 말했다.

"아, 알았습니다. 스승님!"

적월이 긴장을 풀려는 듯 일부러 웃음기를 드러냈다.

그러면서 그사이 나무에 매달아 놓은 온고를 보며 말했다.

"꼭 저렇게 매달아 놔야 하나요?"

"시선 때문에 그렇다."

"시선이요?"

"그래, 그들이 아래쪽에 신경을 덜 쓰도록 하는 거지."

"아, 그렇군요."

사실 나왕와 사송은 유황과 기름까지 준비하고 있었다. 예상보다 적의 전력이 강할 때는 화공까지 쓰려는 계획이었다.

그러려면 화공을 위해 주변에 숨겨놓은 물건들을 적이 눈치채지 못하게 해야 했다.

그런 면에서 학사 온고는 여러모로 쓸모가 있었다. 그를 나무중간에 매달아 놓으면 이곳에 온 자들의 시선이 모두 그에게 쏠릴 것이기 때문이었다.

"왔소이다."

자왕 사송이 나무에서 뛰어내리며 말했다. 꽤 높은 나무에서 뛰어내렸음에도 작은 소리조차 나지 않았다.

신화밀교의 고수들은 어느새 지척으로 다가서고 있었다. 이젠 자왕 사송이 아니더라도 나왕이나 적월 모두 뚜렷하게 신화밀교 무리들의 기척을 느끼고 있었다.

"어떻소이까? 움직임이."

사송이 무인을 보는 눈은 남다르다는 것을 알고 있는 나왕이 물었다.

"뛰어난 자가 있는 것 같소이다. 기운이 남다른 자가 있소."

"그럼 역시 그가 온 것인가?"

나왕이 기대가 되는 표정으로 말했다.

"그야 모르겠지만 방심하면 안 될 것 같소."

"그럽시다. 어떤 적이든 일단 마주하면 최선을 다하는 것이 무인의 도리니."

싸움에 이골이 난 나왕이다. 아무리 가벼운 적이라도 경시하면 큰 위험이 된다는 것을 누구보다 잘 아는 그였다.

스스슥!

이젠 완연하게 사람의 움직임이 느껴졌다. 그리고 찰나의 순간 세 사람 앞에 검은 그림자들이 유령처럼 나타났다.

그들은 모두 얼굴을 검은 복면으로 가리고 있었는데, 복면에 뚫린 구멍을 통해 흘러나오는 안광이 예사롭지가 않아 보였다.

"너희들이 감히 본 교의 교도를 인질로 잡고 우릴 부른 자들이냐?"

복면인 중 한 명이 적월 등을 보며 물었다.

그즈음 적월 등도 얼굴을 검은 면사로 가리고 있었다. 정체를 가능한 숨길 생각이었다.

특히나 불사 나왕 같은 외모를 가진 사람은 얼굴을 드러내는 순간 정체가 탄로 나기 십상이었다.

"초대를 했으니 그대가 왔겠지?"

사송이 빈정거리며 말했다.

"감히 신화밀교를 공격하고도 살아남을 수 있다고 생각하느냐?"

"신화밀교… 그 속을 보고 싶었어. 대체 어떤 곳인지. 그래서 그대를 부른 거다. 그런데 그렇게 복면을 하고 있으니 답답하군. 얼굴을 내보일 자신이 없는 거냐? 역시… 사교인가?"

사송이 상대를 충동질했다. 그러나 상대는 그리 호락호락한 자가 아니었다.

"얼굴을 가린 것은 너희도 마찬가지 아니냐? 사악한 짓거리를 먼저 한 것도 너희들이고."

복면인이 손을 들어 나무 위에 매달려 있는 학사 온고를 가리키며 말했다.

"아, 저놈? 죄를 지었으니 벌을 받는 거지."

"온 학사가 무슨 죄를 지었다는 것이냐?"

"기녀들을 꾀어내 사교의 시녀로 만들지 않았느냐?"

"본 교는 그녀들을 구원한 것이다."

복면인이 단호하게 말했다.

그러자 사송이 되물었다.

"그래? 그렇다면 너희들이 데려간 기녀들이 지금 어디서 어떻게 살고 있는지 알려줄 수 있느냐? 아니, 그중 한 명이라도 살아가는 모습을 보여줄 수 있느냐?"

"왜 그걸 네게 보여줘야 한단 말이냐?"

"그냥 증명하라는 거다. 너희들이 그렇게 데려간 기녀들이 행복하게 살고 있다는 사실을."

"그러니까 네게 그걸 증명할 이유가 우리에게 있느냐?"

복면인이 따져 물었다.

"물론 그럴 이유는 없지. 그냥 하도 자신들이 사교가 아니라고 하니까 한번 증거를 대보라고 한 것이지."

사송이 갑자기 말투를 바꿔 머리를 긁적이며 말했다. 종잡을 수 없는 어법, 갑작스레 변하는 태도, 이 모든 것이 사실은 모두

계산된 사송의 행동이었다.

이런 식으로 상대의 심기를 어지럽혀 자연스레 긴장을 흩뜨리게 하려는 것이 목적이었고, 그 목적은 어느 정도 달성된 듯싶었다.

처음 칼 같은 기세로 달려왔던 신화밀교 교도들의 기세가 자신들도 모르게 두 사람이 대화를 나누는 사이 슬그머니 누그러져 있었다.

그사이 불사 나왕과 적월은 세세하게 상대의 전력을 살피고 있었다.

복면인들의 우두머리로 보이는 자는 절정의 무공을 지닌 듯 보였고, 다른 자들 역시 하나같이 뛰어난 무공을 지닌 것이 분명했다.

그들 한 명, 한 명이 앞서 사로잡힌 신화밀교의 학사들과 비슷한 경지로 보였다.

그런 자들을 이끌고 왔다면 복면인들의 우두머리가 합비 신터의 우두머리임이 분명했다.

"대체 네놈들은 누구냐? 누군데 감히 본 교에 이런 험한 짓거리를 하는 것이냐?"

복면인들의 우두머리가 물었다.

그러자 대답을 하는 대신 사송이 불쑥 다시 물었다.

"네가 합비 신터의 우두머리냐?"

순간 복면인의 입이 닫혔다.

합비 신터라는 단어가 사송의 입에서 흘러나올 줄은 상상도 못 한 듯 보였다.

그의 시선이 자연스레 나무에 매달려 있는 학사 온고에게로 향했다. 그가 신화밀교의 비밀을 발설했을 가능성이 가장 크기 때문이었다.

"매에는 장사가 없는 법이지."

사송이 복면인의 심사를 알아채고 조롱하듯 말했다.

"결국… 죽여야겠구나."

복면인이 살기를 드러냈다. 신화밀교의 비밀을 약간이라도 아는 외부인은 절대 살려둘 수 없다는 표정이었다.

"능력이 있으면 그리해도 되고. 하지만 만약 우리를 죽이지 못하면 넌 네가 알고 있는 모든 것을 토해내야 할 것이다."

사송이 경고했다.

"네 시체 앞에서 말해주지. 학사들은 들어라."

"예. 목인!"

복면인들은 우두머리를 목인이라고 불렀다. 온고가 스승이라고 칭했던 것과는 또 다른 호칭이다.

아마도 신터를 주관하는 자들을 공식적으로는 목인이라 부르는 모양이었다.

"모두 죽인다. 사로잡을 수 있으면 잡되 불가능하면 모두 죽인다."

목인이라 불린 자의 차가운 명이 떨어졌다.

제6장
한밤의 공방전

창!

가장 먼저 적과 격돌한 것은 불사 나왕이었다.

얼굴을 검은 면사로 가린 불사 나왕이 작은 체구를 일으켜 검을 휘두르는 순간, 가장 앞서 공격에 나섰던 신화밀교 교도의 검이 그대로 부러지고 사내가 붉은 피를 뿌리며 허공으로 날아갔다.

쿵!

불사 나왕의 강력한 일 검에 당한 신화밀교의 교도가 큰 소리를 내며 땅에 처박히는 순간, 다시 세 명의 신화밀교 교도들이 불사 나왕을 덮쳤다.

순간 나왕이 작은 몸을 빠르게 회전시켰다.

그의 몸을 따라 회전하던 검날이 허공을 아래위로 가르더니 그대로 세 명의 신화밀교 교도들을 튕겨냈다.

카캉!

"욱!"

"컥!"

불사 나왕이 어떻게 손을 쓴 것인지조차 미처 깨닫지 못한 신화밀교 교도들이 신음을 토하며 비틀거렸다.

"잠깐 뒤로 물러나라."

연이어 교도들이 불사 나왕의 검에 당하자 목인이란 호칭으로 불린 우두머리가 재빨리 명을 내렸다.

그의 눈에도 불사 나왕의 움직임이 예사롭지 않게 보인 모양이었다. 그의 짐작대로 상대가 절대의 무공을 지니고 있다면 자신이 데려온 신화밀교의 교도들은 그를 상대할 수 없었다.

그런 상태에서 교도들로 하여금 계속 절대고수를 상대하게 하는 것은 피해만 키우는 일이라는 것을 알고 있는 흑의인으로서는 당연히 그에 대한 공격을 중지시킬 수밖에 없었다.

우두머리의 명이 떨어지자 불사 나왕을 공격하려던 자들이 급히 뒤로 물러났다. 그들 역시 본능적으로 불사 나왕이 자신들이 상대할 자가 아니라는 것을 느끼고 있던 차였다.

"그대는 대체 누군가?"

교도들을 물러나게 한 신화밀교 합비 신터의 우두머리가 여유 있는 모습으로 자신을 바라보고 있는 나왕에게 물었다.

"나에 대해 알고 싶다면 그대에 대해 먼저 말하라."

나왕이 차가운 음성으로 대답했다.

"나에 대해선… 어느 정도 알고 있을 것 같은데?"

합비 신터의 우두머리가 되물었다.

"아니. 우린 그대에 대해서 제대로 아는 것이 없다. 이름이 뭔지, 신화밀교에서 어떤 지위에 있는지, 무공은 어떤지… 더군다나 어떻게 생겼는지조차 모르지."

복면을 하고 있는 것을 꼬집어 말하는 나왕의 눈이 날카롭게 빛난다. 그 시선에서 흑의인이 다시 한번 나왕의 무서움을 느꼈는지 두어 걸음 뒤로 물러났다. 그러면서 혼잣말처럼 중얼거렸다.

"오늘 우리 합비 신터가 쉽지 않은 상대를 만났구나. 어찌 보면… 큰 스승님들에 육박하는 고수일지도……."

흑의인의 그 말이 그가 데려온 자들을 놀라게 했다. 신화밀교의 문도들에게 큰 스승이라는 이름은 반인반신의 경지에 이른 자들을 일컫는 것이었다.

세상의 구원자로서 구름 속에 존재하며 도탄에 빠진 약자들을 구원해 주는, 신의 손을 가진 자들이 바로 큰 스승들이었다.

그러므로 그런 신적 존재와 비교되는 적이 나타났다는 것은 신화밀교의 교도들에게 큰 충격이 아닐 수 없었다.

더불어 두려움도 생겨났다. 그런 자라면 자신들이 도저히 감당할 수 없는 존재이기 때문이다.

하지만 그들의 우두머리 생각은 조금 다른 모양이었다.

"운이 좋기도 하군."

합비 신터의 우두머리가 입을 열었다.

"누가 말이냐?"

나왕이 조금 지루한 음성으로 물었다. 일단 시작한 싸움. 얼른 끝내놓고 묻고 대답하든, 아니면 모두 죽이고 그다음 일을 하는 것이 나왕의 방법이었기 때문이다.

"당연히 우리 쪽이지."

"그래? 여전히 유리하다고 생각하나 보군."

자신의 실력을 보고도 싸움의 승리를 자신하는 합비 신터의 우두머리를 보며 나왕이 고개를 갸웃했다.

그러자 합비 신터의 우두머리가 빙그레 미소를 지었다.

"물론 여전히 우리가 유리하지. 왜냐하면 이곳에 온 본 교의 형제들은 우리가 전부가 아니거든."

"젠장!"

합비 신터의 우두머리가 말을 끝내기도 전에 조금 뒤에서 장내의 사정을 살피고 있던 자왕 사송의 입에서 낭패한 듯한 목소리가 흘러나왔다.

"후군이 있어요."

적월 역시 숲 저쪽에서 어른거리는 또 다른 무리를 느끼고 있었다.

"후후후, 너희들이 아무리 강한 무공을 가지고 있다고 해도 오늘 이 자리에서 죽는다는 사실은 변하지 않는다. 너희들은 우리 신화밀교를 너무 얕보았어. 신화밀교가 오랜 시간 동안 존재할 수 있었던 것은 스스로를 지킬 능력이 있었기 때문이다. 너희들은 그걸 간과한 거야."

스슥!

복면인들의 우두머리가 말을 하는 동안 어느새 새로운 이십여 명의 복면인들이 장내에 도착했다. 그렇게 되자 거의 사십여 명에 육박하는 신화밀교의 교도들이 숲에 운집했다.

"목인! 모두 도착했습니다."

새롭게 나타난 복면인들 중 한 명이 목인이라 불리는 우두머리에게 고개를 숙여 보였다.

"수고했네. 주변에 이상한 자들은 없었는가?"

우두머리가 물었다.

"그렇습니다. 반경 십 리 안, 수상한 자들은 없습니다."

새로 등장한 자가 대답했다.

"좋아. 그럼 저들만 상대하면 되는군."

목인이라 불린 우두머리가 홀가분한 표정으로 나왕과 그 뒤에 서 있는 자왕 사송, 그리고 적월을 훑어봤다.

아무리 뛰어난 무공을 가지고 있어도 겨우 세 사람, 사십여 명에 달하는 신화밀교의 무인들로 충분히 제압할 수 있다는 자신감이 있는 듯 보였다.

"어쩌죠?"

적월이 나직하게 물었다. 그러자 어느새 두 사람 곁으로 물러나 있던 나왕이 말했다.

"싸우자면 못할 것도 없지만 애초에 계획이 있으니 그 계획대로 하는 것도 나쁘지는 않을 것 같소만."

질문은 적월이 했지만 나왕의 대답은 사송을 향해 있었다. 그의 목소리는 모기 소리보다도 작아서 오직 사송과 적월의 귀에만 들렸다.

"그가… 배에 오르겠소?"

사송이 물었다.

그러자 나왕이 대답했다.

"물론… 약간의 연기가 필요할 것이오. 우릴 사로잡을 수 있다는 생각을 하게 말이오."

"알겠소이다. 그럼 준비한 것을 쓸 필요가 있겠구려."

사송이 말하자 나왕이 대답 없이 고개를 끄떡였다.

"그럼 바로 시작하겠소. 저들의 전열이 정비되기 전에 일을 시작하는 것이 좋을 테니."

사송이 다시 말했다.

"그렇게 합시다."

나왕이 동의하자 사송이 훌쩍 몸을 날려 우측으로 오 장 정도 이동했다. 그곳은 양쪽이 대치하고 있던 공터에서 벗어나 아름드리나무의 숲이 시작되는 곳이었다.

갑작스러운 사송의 움직임에 신화밀교의 교도들 일부가 사송이 움직인 방향으로 이동했다. 아마도 사송이 몸을 빼 도주를 하려 한다고 생각한 듯 보였다.

그러나 일단 숲이 시작되는 곳에 도착한 사송은 신화밀교의 교도들이 전혀 예상치 못한 행동을 했다.

지잉!

사송이 양손에 든 자신의 두 기병을 서로 긁어댔다. 그러자 병기가 마찰하며 불꽃을 일으켰다.

화르륵!

감춰뒀던 유황에 불꽃이 닿자 한순간에 강렬한 불꽃이 일어나더니 숲이 순식간에 화염에 휩싸였다.

갑작스러운 불길에 신화밀교의 교도들이 당황하기 시작했다.

그들 중 몇몇은 이미 옷에 불이 옮겨 붙어 손과 발로 불을 끄고 있었다.

그러나 유황에 기름까지 섞인 불길은 쉽게 잡힐 불길이 아니었다. 더군다나 깊은 숲은 오래된 낙엽이 쌓여 있어, 무섭게 일어난 불길을 도저히 끄기 어려웠다.

"시작합시다."

불길 속에서 사송이 나왕을 향해 소리쳤다.

그러자 나왕이 고개를 끄떡이고는 적월을 보며 말했다.

"조심하거라."

"제 걱정은 마세요."

"내가 신호를 보내면 즉시 절벽 아래로 내려가거라."

"예, 스승님!"

"좋아. 그럼 시작하자."

나왕이 말을 하고는 검을 자신의 가슴 앞으로 들어 올렸다. 그리고 다음 순간 쏘아진 화살처럼 나왕의 몸이 불길 속으로 파고 들어갔다.

적월은 불길 속으로 뛰어 들어가며 검을 휘두르는 나왕을 보고 가볍게 숨을 들이쉬었다.

"뜨거운 밤이 되겠어. 또 다른 혈월야인가?"

적월이 고개를 드니 하늘이 정말 붉게 보였다. 물론 혈월야의 그날처럼 붉은 달이 뜬 것은 아니었다. 화염이 충만한 숲의 공기가 밤을 붉게 보이도록 만들고 있을 뿐이었다.

그런 적월을 향해 허공에서 세 자루의 검이 떨어졌다. 순간 적월이 퍼뜩 정신을 차렸다.

"좋아. 오늘 제대로 싸워본다!"

적월이 나직하게 뇌까리고는 검을 사선으로 그어 올렸다.

콰아!

적월의 검이 움직이는 검로를 따라 강렬한 검기가 만들어졌다. 그리고 그 검기에 따라 사람과 검, 그리고 아름드리나무가 동시에 잘려 나갔다.

"악!"

"크악!"

벼락같은 적월의 검기에 당한 신화밀교 교도들의 신음 소리가 터져 나왔다. 비틀거리는 적들 사이를 뚫고 올라온 적월이 다른 적을 향해 불길 속으로 뛰어들었다.

"이… 이자들은 대체……?"

신화밀교 교도들을 지휘하는 복면인, 목인이라 불리는 합비 신터의 수장은 당황한 빛을 감추지 못했다.

복면 사이로 흘러나오는 그의 눈빛은 크게 흔들리고 있었다. 그도 그럴 것이 비록 화공을 당했다고는 해도 겨우 세 명, 그 단 세 명에게 사십여 명에 이르는 신화밀교의 교도들이 속수무책으로 쓰러져 가고 있었다.

벌써 쓰러진 자의 숫자가 십여 명, 멀쩡한 교도들의 숫자는 서른 명 이하로 줄어들고 있었다.

"정말 놀라운 자들이 아닌가? 대체 이런 자들이 왜 본 교에 원한을 품었단 말인가?"

복면인이 당혹스러운 표정으로 중얼거렸다.

그때 그의 곁으로 한 명의 복면인이 빠르게 다가왔다.

"목인, 이대로는 힘들 것 같습니다. 무서운 자들입니다. 도저히 무공으로는… 더군다나 진을 형성해 대응하기도 힘든 것이 숲에 불이 나서……."

말을 하는 복면인의 목소리도 당황으로 잘게 떨리고 있었다.

"그럼 다른 방법을 써야지."

목인이라 불린 신터의 우두머리가 정신을 차렸는지 차가운 음성으로 말했다.

"그럼… 암기와 독의 사용을 허락하시겠습니까?"

"어쩔 수 없는 일 아닌가?"

"알겠습니다."

"그래도 가능한 흔적을 남기지 말게. 이는 큰 스승님들께서 극히 경계하는 일이니까. 암기와 독은 흔적을 지우는 것이 쉽지 않아."

"독암기를 사용토록 하겠습니다."

"일단은 그리하게."

목인이라 불리는 우두머리가 고개를 끄떡였다.

불사 나왕과 적월, 그리고 자왕 사송은 마치 양 떼 속에 뛰어든 호랑이처럼 화염 속을 누비고 있었다.

그 어떤 적도 그들을 막지 못했다. 신화밀교의 교도들 중 살법을 수련했거나 혹은 순수한 무공만 따져도 절정의 경지에 이른 자가 없는 것은 아니었지만, 불사 나왕 등 세 사람의 무공이 너무 강력해서 감히 세 사람을 감당하려고 나서는 자가 없었다.

그래서 이젠 세 사람이 애써 적을 찾아 움직여야 하는 상황이 되었을 때, 갑자기 세 사람을 향해 날카로운 파공음이 일어났다.

쐐애액!

"암기요!"

자왕 사송이 본능적으로 암기가 자신들을 향해 날아온다는 것을 깨닫고 재빨리 경고했다.

순간 불사 나왕의 손이 어지럽게 움직였다. 그러자 세 사람 주위에 희미한 수영이 무수히 생겨나더니 그들을 향해 날아오던 암기들이 일 장 밖에서 제각기 방향을 틀어 사방으로 흩어졌다.

그런데 그 순간 갑자기 나왕의 입에서 다급한 목소리가 흘러나왔다.

"독!"

나왕의 외침에 적월과 사송도 순간적으로 호흡을 멈췄다. 그러고는 몸 안에 있던 공기를 밖으로 뱉어내며 재빨리 절벽 쪽으로 몸을 날렸다.

휘이잉!

한순간 강에서 부는 신선한 바람이 절벽을 타고 올라와 세 사람의 호흡을 자유롭게 해주었다.

그러나 그도 잠시, 다시 세 사람을 향해 수십 개의 암기가 쏟아졌다.

"물러나야 할 것 같소."

자왕 사송이 암기를 향해 기병을 휘두르며 말했다.

따다당!

사송의 기병에 막힌 암기들이 다시 사방으로 흩어졌고, 앞서

와 마찬가지로 암기에 발려 있던 독의 기운들이 세 사람을 향해 퍼져 나왔다.

"갑시다."

나왕이 말을 내뱉고는 먼저 절벽 아래로 몸을 날렸다. 그러자 그 뒤를 따라 적월이 움직였고, 가장 늦게 암기를 막아내던 사송도 날짐승처럼 절벽을 타고 내려가기 시작했다.

"어찌할까요?"

순식간에 십여 장 정도의 절벽을 내려가 강을 향해 달리는 적월 등 삼 인을 보며 복면인 중 한 명이 신화밀교 합비 신터의 우두머리에게 물었다.

그러자 합비 신터의 우두머리가 잠시 달빛 아래 강으로 달려가는 적월 등을 바라보다가 입을 열었다.

"쫓는다."

"하지만……."

그에게 행보를 물었던 복면인이 망설였다.

"걱정 말게. 독에 중독되었어. 완전히는 아니지만 적어도 몸을 움직이는 것이 불편한 정도는 되었네. 보게."

우두머리의 말에 복면인이 시선을 돌려 적월 등의 움직임을 자세히 살피기 시작했다. 그러기를 얼마, 복면인이 고개를 끄떡였다.

"정말 그렇군요. 특히 젊은 쪽은 걸음조차 일정치 않습니다. 확실히 독의 효과가 있는 것 같습니다."

"큰 스승들께서 엄격하게 사용을 통제하라 하신 백혼독일세. 백혼독에 무사할 자는 천하에 없지. 아마 천하십대고수라도 백혼독을 견디기는 어려울 걸세. 우리야 해약을 복용하고 독을 시전해서 멀쩡하지만……."

"그렇기는 하지요. 해약을 복용했는데도 조금 어지럽기는 합니다."

"아무튼 해약 없이 백혼독에 멀쩡할 사람은 없네. 추격하세."

"예, 목인! 모두 놈들을 추격한다. 독에 중독되었으니 천천히 포위해 사로잡도록 하라."

"옛!"

복면인들이 일제히 대답을 하고는 앞다투어 절벽을 내려가기 시작했다.

"역시 따라오는군요."

적월이 강변에 도착하자 힘에 겨운지 잠시 걸음을 멈춘 후 뒤를 돌아보며 말했다. 멀리 절벽을 타고 내려와 자신들을 추격해 오는 신화밀교의 교도들이 보였다.

"무척 강한 독이군."

자왕 사송이 얼굴을 찌푸리며 말했다.

"괜찮겠소?"

가장 늦게까지 암기를 막느라 가장 많이 독에 노출된 사송이 걱정되는지 나왕이 물었다.

"강한 독이기는 하지만 그래도 호흡을 멈추고 있어서 큰 문제는 없소이다. 그나저나 정말 무서운 자들이오. 내 이런 독은 살다 살다 처음인 것 같소. 분명 대비를 했는데도 정신을 몽롱하게 만들다니. 자칫 한 호흡이라도 들이마셨다면 필시 놈들에게

죽임을 당하고 말았을 것이오."

사송이 혀를 내두르며 말했다.

"그래도 다행 아니오. 애써 놈들을 속이려 연기를 할 필요도 없고… 자, 이쯤에서 배에 오릅시다."

세 사람이 멈춰 선 곳에서 십여 장 떨어진 강물 위에 공예가 놀리던 낡은 배가 떠 있었다. 강바닥에 무거운 닻을 내려놓아 강물 위에서도 큰 흔들림이 없었다.

세 사람이 누가 먼저랄 것도 없이 강물로 뛰어 들어갔다. 그러고는 차가운 물살을 헤치며 낡은 배로 다가갔다.

그 모습이 또한 그들을 추격하는 신화밀교 고수들의 추격 속도를 높이게 했다.

절벽 위에서 세 사람이 보여준 무공이라면 굳이 강물에 뛰어들지 않고 한두 번의 도약으로 배에 올라야 정상인데, 세 사람이 강물을 헤치고 배로 다가가는 모습이 독에 중독되어 내력을 잃은 사람들처럼 보였던 것이다.

약해진 적은 추적자의 발걸음을 빨라지게 만드는 법이다. 특히 배에 올라 강을 따라 내려가면 추격이 어려워지기 때문에 추격하는 자들의 마음도 조급해 보였다.

"으챠!"

가장 먼저 배에 오른 사람은 자왕 사송이었다. 그는 배에 오르자마자 배 앞쪽으로 다가가 무거운 추를 달아 배가 움직이지 못하게 고정해 두었던 닻줄을 잘랐다.

닻줄이 잘리자 배가 한차례 흔들거리더니 조금씩 강 하류로 떠내려가기 시작했다.

뒤를 이어 배에 오른 나왕과 적월이 배 뒤쪽에 매달아 두었던 노를 젓기 시작했다. 그러자 배의 속도가 좀 더 빨라졌다.

"놓치면 안 된다. 서둘러 배에 올라라!"

강변까지 추격해 온 복면인들의 우두머리가 소리쳤다. 그러자 신화밀교의 교도들이 망설이지 않고 몸을 날려 강 하류로 흘러 내려가는 배를 향해 달려들었다.

풍덩!

아무리 대단한 고수라도 이미 강변으로부터 십여 장 이상 떨어진 배에 한 번의 도약으로 오를 수는 없었다. 그래서 배를 향해 몸을 날린 신화밀교의 교도들이 중간에 강물에 빠진 후 다시 재차 도약해 배를 향해 다가왔다.

그러나 그들과 달리 단 한 번의 도약으로 십여 장의 강물을 날아 넘어 배로 다가온 자들도 있었다.

그리고 그 선두에는 당연하게 이들을 이끄는 우두머리인 목인 이라 불리는 복면인이 있었다.

탁!

목인이라 불리는 신화밀교 합비 신터의 우두머리가 허공에서 두어 번 자신의 발등을 다른 발로 차며 힘을 얻자, 그의 몸이 단 숨에 적월 등이 타고 있는 낡은 배까지 날아왔다.

적월과 나왕은 날아오는 복면인을 막을 생각을 하지 않고 노를 놓고서 배의 앞쪽으로 물러났다. 그 행동이 마치 강적을 피해 몸을 피하는 모습과 흡사했다.

그런 두 사람을 보는 복면인의 눈빛이 날카롭게 번뜩였다.

"더 이상 너희들이 갈 곳은 없다. 감히 본 교의 사람을 상하게 했으니 목숨으로써 그 대가를 치러야 할 것이다."

복면인의 경고가 차갑다. 그 사이 다시 몇몇 신화밀교의 교도들이 배에 올라 복면인 곁에 섰다.

그런데 그 순간 갑자기 그들이 타고 있던 배가 무서운 속도를 내며 강 중심으로 밀려가기 시작했다.

"엇?"

배에 오른 신화밀교의 교도들이 당황했다. 목인이라 부르는 우두머리를 포함에 배에 오른 자의 숫자는 모두 일곱, 아직 수십 명의 신화밀교 교도들이 배에 오르기 전이었다.

그런데 미처 다른 신화밀교 교도들이 타기도 전에 배가 빠르게 강 중심을 향해 나아갔던 것이다.

"함정이었나?"

역시 목인이라 불리는 신화밀교 교도들의 우두머리는 눈치가 빨랐다. 그는 지금 이 상황이 결코 우연히 만들어진 것이 아니라는 것을 단번에 눈치채고 있었다.

"역시 무리의 우두머리답구나."

사송이 빙그레 미소를 지으며 말했다.

독에 중독된 듯 흐릿했던 눈은 어느새 총명함을 되찾았고, 흔들리던 몸 역시 대나무처럼 꼿꼿하게 서 있었다.

"이런다고 결과가 달라질 것 같으냐?"

복면인이 물었다.

"아마 많이 달라질 거다. 널 사로잡을 테니까."

팟!

사송이 복면인에게 달려들었다.

그러자 복면인의 좌우에서 신화밀교의 교도들이 달려들어 복면인의 앞을 막았다.

차앙!

강렬한 충돌음이 일어나면서 불꽃이 번쩍였다.

"음!"

"으음!"

두 마디 나직한 신음성이 흘러나오며 신화밀교 교도들이 뒤로 물러났다. 그들로서는 독에 중독되지 않은 사송을 감당할 수 없었던 것이다.

"놈!"

두 명의 교도가 물러나는 순간 목인이라 불리는 복면인이 번개처럼 검을 휘둘렀다.

쐐액!

푸르스름한 달빛을 가르며 그의 검이 무서운 속도로 사송의 목을 향해 떨어져 내렸다.

순간 사송도 적의 공격을 경시하지 못하고 재빨리 몸을 날려 훌쩍 뒤로 물러났다.

쾅!

사송을 비켜 나간 복면인의 검이 그대로 배의 갑판을 가격했다. 그 덕분에 낡은 배의 일부가 와르르 무너져 내렸다.

"젠장, 모두 함께 수장되자는 거냐?"

애꿎은 배가 파손되는 걸 보며 사송이 투덜거렸다. 그러자 복면인이 슬쩍 주위를 살핀 후 말했다.

"다시 볼 날이 있을 것이다."

"물러가겠다고?"

사송이 놀란 표정으로 물었다. 설마 복면인이 수하들을 데리고 물러날 거라고는 생각지 못했던 것이다.

"형제들이 생명이 중요하니까. 하지만 너희들은 이미 우리 신화밀교에 노출되었다. 천하 어디를 가든 우리의 추격을 받게 될 것이다."

복면인이 무서운 경고를 전했다.

그러자 지금껏 침묵하고 있던 불사 나왕이 입을 열었다.

"그렇게는 안 되지."

"그대의 능력이 대단한 것은 인정한다. 그러나 물러나는 우리를 잡아둘 정도는 아닐 것 같은데?"

복면인이 나왕을 보며 빈정거리듯 말하고는 훌쩍 몸을 날려 강 속으로 뛰어들려고 했다.

하지만 그 순간 그는 다시 튕겨 오르듯 배 위로 날아오를 수밖에 없었다. 어느새 배의 옆구리를 타고 이동한 적월의 검이 아래에서 위쪽으로 그를 몰아세웠기 때문이다.

콰아아!

적월의 검에서 일어난 푸른 검기가 분수처럼 일어나 배에서 날아 내리려는 복면인을 쳐올렸다.

"흡!"

예상치 못한 적월의 공격에 놀란 복면인이 다급한 음성을 토해내며 다시 배 위로 올라갔다.

그러자 이번에는 기다렸다는 듯이 불사 나왕의 공격이 시작됐다.

파파팟!

허공에 무수한 수영이 만들어졌다. 불파일맥의 독문절기인 백화수다. 일단 나왕의 손에서 백화수가 펼쳐지자 복면인이 몸을 피할 곳은 없었다.

불파일맥의 백화수는 세상에 드러나지 않아서 그렇지 극에 이르면 절대의 경지를 보여주는 수공이어서 아무리 뛰어난 무공을 지닌 신화밀교 신터의 수장이라도 쉽게 파훼할 수 없었다.

물론 나왕이 백화수를 펼치는 것에 따른 위험도 있었다. 만약 신화밀교의 교도들 중 나왕의 백화수에 대해 조금이라도 알고 있는 자가 있다면 나왕의 정체가 드러날 수도 있었다. 특히 신터의 수뇌인 복면인의 경우 나왕의 백화수를 알아볼 수 있는 고수 중 한 명일 수도 있었다.

그럼에도 불구하고 나왕이 백화수를 펼쳐 복면인을 상대하는 것은 그를 제압할 수 있다는 자신이 있기 때문이었다.

"음……!"

자신이 움직일 수 있는 모든 방위를 차단하는 나왕의 백화수에 복면인이 신음 소리를 흘려냈다. 그만큼 나왕의 백화수는 위협적이었다.

그러면서도 복면인은 검을 짧게 휘두르며 백화수의 수영이 자신의 몸에 직접 닿는 것은 막아내고 있었다. 그 역시 뛰어난 고수임이 분명했다.

"이자는 내가 잡겠소. 두 사람은 다른 자들을……!"

나왕이 여전히 백화수로 복면인을 옭아매며 자왕 사송과 적월에게 말했다.

"알겠소이다."

"알았어요."

자왕 사송과 적월이 동시에 대답했다. 그러고는 배 위에 올라 있는 다른 신화밀교의 교도들을 일제히 공격하기 시작했다.

"악!"

"크악!"

배 위에서 연이어 단말마의 비명 소리가 터져 나오고 신화밀교의 교도들이 피를 뿌리며 강으로 떨어졌다.

자왕 사송과 적월의 무공은 비록 불사 나왕이 보여주는 것과 같은 절대적인 기세를 가지고 있지는 않았지만, 신화밀교의 교도들이 감당하기에는 큰 격차가 있는 고수들이었다.

특히 적월의 경우 무공으로만 보자면 불사 나왕에 근접하는 실력을 가지고 있어서 그의 검이 검기를 뿌릴 때마다 반드시 한 명의 신화밀교 교도가 강물 위로 떨어졌다.

그렇게 일각이 지나자 이제 배 위에 있는 신화밀교의 사람은 나왕의 공격을 받아내고 있는 복면인 한 명뿐이었다.

"이젠 그만 잡혀줘야겠다."

백화수가 그물처럼 복면인을 옭아매 복면인이 움직일 수 있는 공간이 반경 반 장으로 좁혀지는 순간, 나왕이 나직하게 말하며 누구도 볼 수 없는 속도로 발검(拔劍)했다.

팟!

한 줄기 빛이 번뜩이는가 싶은 순간 나왕의 검은 다시 그의 검집에 들어가 있었고, 복면인의 검은 맥없이 그의 손에서 떨어져 배의 갑판에 꽂혔다.

그리고 다음 순간 나왕의 날카로운 손이 복면인의 마혈을 제압했다.

"컥!"

복면인의 입에서 신음 소리가 흘러나오더니 마치 몸에서 모든 힘이 사라진 사람처럼 그대로 나왕 앞에 무릎을 꿇었다.

쿵!

복면인의 무릎이 갑판에 부딪히며 무거운 소리를 만들었다. 뒤를 이어 그의 몸이 옆으로 쓰러지려는 것은 나왕의 손이 재빨리 목덜미를 잡아채 바로 세웠다.

"큰 고기를 잡았군."

나왕이 만족스러운 음성으로 말했다.

"일이 제대로 된 것 같소. 이제 그만 이곳을 떠납시다."

사송이 나왕에게 다가서며 말했다.

사송과 적월에 의해 배 위에 올랐던 신화밀교의 교도들은 모두 배 밖으로 밀려난 상태였다.

애초에 낡은 배로 함정을 만들어 신화밀교의 교도들을 끌어들인 이유는 합비 신터의 우두머리를 잡기 위함이었다. 이제 그 목적이 달성되었으니 더 이상 이곳에서 신화밀교의 교도들을 상대로 드잡이질을 할 필요가 없었다.

"그럽시다."

나왕이 대답하자 적월이 말했다.

"쉽지 않을 것 같은데요? 그들이 다시 오고 있어요."

적월의 말에 나왕과 사송이 시선을 돌리자 정말 강변에 머물고 있던 신화밀교의 교도들이 일제히 강 속으로 달려들고 있었다.

그리고 개중 고수랄 수 있는 자들은 동료들이 던져주는 작은 부목을 밟으며 나는 듯이 배를 향해 물 위를 달렸다.

"귀찮으니 유왕 동생을 부릅시다."

사송이 말했다.

"그게 좋겠소."

나왕이 동의하자 사송이 품속에서 작은 부싯돌을 꺼내 세 번 불꽃을 일으켰다.

그사이 적월이 배의 후미로 달려가 가장 먼저 배에 오르려는 자를 향해 검을 휘둘렀다.

웅!

적월의 검이 허공을 가르는 순간 물을 박차고 배에 오르려던 신화밀교의 고수가 피를 뿌리며 다시 강물 속으로 처박혔다. 그러나 그럼에도 불구하고 일단 배에 접근한 신화밀교의 교도들은 두려움 없이 배로 오르기 시작했다.

그들에게서 적월 등 세 고수에 대한 두려움을 앗아간 것은 아마도 그들의 우두머리인, 목인이라 불리는 복면인에 대한 충성심일 터였다.

빠르게 움직이는 배를 따라잡는 맹목적인 돌진도, 죽음을 무릅쓰고 배에 오르려는 용기도 모두 그들의 우두머리에 대한 충성심 때문이었다.

그런 신화밀교의 교도들을 보며 적월은 문득 두려운 생각이 들었다. 이렇게 맹목적인 충성심을 보이는 교도들을 길러낸 신화밀교란 조직이 새삼스레 소름 끼쳤다.

그러나 그렇다고 그들의 기세에 밀린 것은 아니었다.

파팟!

적월의 검이 허공에 열십자를 그리자 다시 두 명의 신화밀교 교도들이 배에 오르다 말고 강물 속으로 고꾸라졌다.

그러나 뒤를 이어 그보다 더 많은 다섯 명의 신화밀교 교도들이 배 위로 날아올랐다.

어느새 배 곳곳에 신화밀교 교도들이 던진 쇠사슬이 걸려 더 이상 배가 움직이지 못하고 있었다. 그 덕에 신화밀교 교도들이 배에 오르는 것이 한결 수월해진 상태였다.

"후우……!"

적월이 밀려 올라오는 신화밀교 교도들을 보며 한숨을 내쉬었다.

이대로라면 생각보다 많은 수의 목숨을 거둬야 한다. 이미 무림의 싸움에 익숙해진 적월이라지만, 여전히 피를 뿌리는 일은 그리 달가운 일이 아니었다.

그런데 그런 적월의 어려움을 알아챈 듯 뒤에서 사송의 목소리가 들렸다.

"돌아오거라. 배가 왔다."

사송의 목소리가 적월에게는 구원처럼 느껴졌다.

"예, 숙부!"

적월이 큰 소리로 대답을 하고는 훌쩍 한 자 정도 허공에 떠오르더니 무서운 힘으로 검을 휘둘렀다.

쿠오오!

강력한 진기를 머금은 적월의 검이 미묘한 파공음을 내며 허공을 반으로 갈랐다.

"웃!"

"엇!"

그 기세에 놀란 신화밀교의 교도들이 본능적으로 몸을 움츠리며 뒤로 물러났다. 그 순간 적월의 검이 그대로 배의 뒤쪽 갑판을 파고 들어갔다.

콰앙!

강력한 파열음이 만들어지면서 적월이 만들어낸 검기가 배 깊숙이 박혔다. 그 검기로 인해 배의 후미 일부분이 잘려 나가 강물 속으로 무너져 내렸다.

"조심해!"

"배가 무너진다."

한순간 서 있을 곳을 잃은 신화밀교의 교도들이 당황한 표정으로 소리쳤다.

그러는 사이 적월은 어느새 바람처럼 몸을 날려 배의 앞쪽으로 물러났다.

"여기다!"

유왕 서리가 몰고 온 작고 날렵한 배로 옮겨 탄 사송이 적월을 향해 손을 흔들었다.

그러자 적월이 그대로 몸을 날려 밤새처럼 어두운 허공을 갈랐다.

제7장
목인 중양

유왕 서리가 화살 한 대를 집어 들었다.

공예가 재빨리 화살 끝에 불을 붙였다. 부싯돌이 불꽃을 일으키자마자 화살 끝에 불이 붙은 것으로 보아 미리 불화살을 준비해 놓은 듯싶었다.

화살에 불이 붙자 유왕 서리가 낡은 배를 향해 화살을 겨누었다. 그녀가 타고 있는 배와 신화밀교 교도들이 개미 떼처럼 올라서고 있는 낡은 배 사이에는 새처럼 허공을 가르는 적월이 있었다.

팡!

유왕 서리가 활의 시위를 놓았다. 그러자 날카로운 파공음과 함께 불화살이 무서운 속도로 허공을 갈랐다.

적월은 유왕 서리가 쏘아낸 화살이 자신의 발밑을 지나가는 것을 두 눈으로 보며 허공에서 한 바퀴 몸을 회전했다. 그러면서도 그의 시선은 여전히 불화살의 꼬리를 잡고 있었다.

픽!

화르르!

불화살이 낡은 배의 선수에 매달려 있던 큼직한 가죽 주머니에 꽂히는 순간 둔탁한 소음이 일어나며 갑작스럽게 불길이 치솟았다.

가죽 주머니가 터지면서 미리 담아두었던 기름이 쏟아지고, 그 기름에 불화살의 불꽃이 닿아 일어난 현상이었다.

불길은 순식간에 낡은 배를 집어삼켰다. 가죽 주머니를 중심으로 배에 미리 칠해두었던 기름이 순식간에 낡은 배를 태우기 시작한 것이다.

"불이다!"

"배에서 내려라!"

당황한 신화밀교 교도들의 목소리가 어두운 강물을 타고 적월이 내려선 배까지 들렸다.

"흐흐흐, 요놈들, 이건 예상하지 못했을 거다."

불타는 배에서 강으로 뛰어내리는 신화밀교의 교도들을 보며 사송이 득의만만한 웃음을 흘렸다.

"그래도 사람들이 죽지는 않겠지요?"

공예가 불로 사람을 태워 죽이는 것이 겁이 나는지 조심스레 물었다.

"죽어도 싼 놈들이지만 불에 타 죽지는 않을 거다. 강물로 뛰어들면 되니까. 강물이 깊은 것도 아니고……."

사송이 대답했다.

"갑시다."

불사 나왕이 무심한 목소리로 말했다.

그러자 유왕 서리가 힘껏 배를 젓기 시작했다.

배는 애초부터 속도를 내기 좋게 만들어진 것이어서 일단 노를 젓기 시작하자 날렵한 선체의 장점을 발휘해 미끄러지듯 강물을 헤치고 나아가기 시작했다.

"추격하는 자들은 없는 것 같아요."

뒤를 살피던 적월이 말했다.

"홍, 놈들이 지금 추격할 정신이 있겠느냐?"

자왕 사송이 콧방귀를 흘리며 말했다.

"하긴 살기 바쁠 테니 그럴 정신은 없겠지요. 고모님, 노를 주세요. 제가 저을게요."

적월이 유왕 서리에게 다가서며 말했다.

"아니다. 내가 하마."

"아니에요. 제가 해야죠."

적월이 애써 서리의 손에서 노를 뺏어 들고는 힘차게 젓기 시작했다. 그런 적월을 유왕 서리가 듬직한 눈으로 바라보며 말했다.

"조카가 있으니 좋구나. 늙은 고모 생각도 해주고."

"에이, 사부님도. 늙다니요. 사부님은 오십도 넘지 않으셨잖아요?"

공예가 입을 삐쭉이며 말했다.

"호호, 그런가? 하긴 내가 늙은 나이는 아니지."

유왕 서리가 가볍게 웃음을 흘렸다.

"맞아. 우린 결코 늙지 않았다고… 늙은이 소리를 들으려면 적어도 육십은 넘어야지."

사송이 호탕하게 소리쳤다.

배는 꼬박 하루를 강 위에 있었다.

그렇다고 처음처럼 빠른 속도로 이동하는 것은 아니었다. 적월이 힘껏 노를 저은 것도 반시진 정도에 불과했고, 이후에는 물길이 움직이는 대로 배를 강에 맡겨둔 채 하루 동안 배 위에서 시간을 보낸 일행이었다.

그러다가 다시 다음 날 저녁이 되자 배가 강을 거슬러 오르기 시작했다.

십이천문의 고수들은 그 밤 서로 교대해 가며 계속 노를 저었다. 그래서 자정 무렵에는 신화밀교의 교도들과 한판 싸움을 벌였던 곳도 지나쳐 더 상류로 올라가고 있었다.

이런 움직임은 적의 추격을 피하기 위해 사송이 제안한 방법으로, 신화밀교의 눈이 강 하류에 집중될 것을 예상하고 선택한 경로였다.

접전이 벌어지고 배 한 척이 불탔던 곳은 그 흔적조차 없이 깨끗했다. 신화밀교 교도들이 싸움의 흔적을 없앤 것인지, 하루의 시간이 싸움의 흔적들을 사라지게 만든 것인지는 알 수 없었다.

그러나 어쨌든 하루 전 이곳에서 치열한 싸움이 벌어졌다는 것을 믿을 수 없을 만큼 강변은 조용했다.

상류로 올라갈수록 물살은 거세지고, 배의 속도는 느려졌지만 그래도 고수들의 힘에 의해 배는 꾸역꾸역 좁은 상류 지역으로 이동했다.

그렇게 얼마나 이동했을까, 갑자기 배가 방향을 틀었다.

강변에 우거진 숲, 그 숲 아래의 물은 강의 중심과 달리 고요했다. 물살이 세지도 않아도 배는 조금의 힘만으로도 미끄러지듯 이동했다.

그렇게 이동을 한 끝에 배가 드디어 땅에 닿았다.

쿵!

무거운 소음과 함께 배의 앞부분이 강변 수초를 파고 들어가 부드러운 흙에 박혔다.

"내려요. 다 왔어요."

가장 마지막에 노를 젓고 있던 유왕 서리가 말했다. 그러자 잠시 눈을 감고 졸고 있던 자왕 사송과 적월이 눈을 떴다.

"어? 다 온 거야?"

"다 왔어요. 저자는 오라버니가 맡으세요."

유왕 서리가 한쪽에 짐짝처럼 구겨져 있는 신화밀교 합비 신터의 우두머리를 가리키며 말했다.

그의 머리에는 여전히 복면이 씌워져 있었는데, 사실 지난 하루 동안 일행은 그 누구도 그에게 말을 걸지 않은 상태였다.

그건 편안한 장소에서 그를 추궁하려는 의도도 있었지만, 사람의 입을 여는 데도 탁월한 재주가 있는 사송이 그에게 말을 거는 것을 막았기 때문이기도 했다.

사송의 말에 의하면 납치를 당한 사람의 눈을 가린 채 하루 동안 아무 말도 시키지 않으면 그 정신력이 쉽게 무너진다는 것이었다.

그 말이 사실인지 아닌지는 알 수 없으나, 십이천문 사람들은 사송의 말에 따라 합비 신터의 우두머리를 완전히 방치해 놓고 있었다.

"자, 이제 땅 냄새를 맡을 시간이야."

사송이 유왕의 서리의 말대로 복면인을 집어 들며 말했다. 제법 장대한 체구의 복면인을 왜소한 체구의 사송이 들어 올렸음에도 사송은 전혀 힘든 모습을 보이지 않았다.

그는 마치 솜털 뭉치처럼 가볍게 복면인을 들어 올려 어깨에 둘러멘 후 훌쩍 몸을 날려 강변에 내려섰다.

그러자 먼저 배에서 내린 유왕 서리가 말했다.

"가요."

"동생이 앞장서."

"알았어요."

유왕 서리가 대답을 한 후, 앞장서서 어두운 숲으로 들어가기 시작했다.

유왕 서리를 앞세운 십이천문의 일행은 강변에서부터 또다시 반시진을 걸었다.

그렇게 걸은 끝에 그들이 도착한 곳은 제법 높다란 바위 봉우리였는데, 인근에서 이만한 높이의 봉우리는 찾아볼 수 없었다.

봉우리 중턱에 올라서면 멀리 화려한 불빛에 휩싸인 합비성의 야경도 들어올 정도였다.

그곳에서 일행은 오랜 이동을 마치고 제법 넓은 공간을 가진 동굴 속으로 들어갔다.

"잘 있었나?"

동굴 안으로 들어온 사송이 한쪽에 쓰러져 있는 흑의인을 보며 물었다. 그러자 흑의인이 고개를 돌려 사송을 바라봤다.

사송을 바라보는 흑의인이 눈이 원독으로 가득 차 있다. 하지만 노려만 볼 뿐 어떤 말도 하지 못하는 흑의인이다. 아혈이 제압되어 있기 때문이었다.

흑의인은 앞서 학사 온고를 찾으러 왔다가 십이천문의 손에 제압당한 신화밀교의 학사였다. 십이천문 사람들은 온고를 적을 유인하는 미끼로 쓰면서 흑의인은 만약을 위해 이곳에 남겨두었던 것이다.

"우리가 무사히 돌아온 것이 의외인 모양이지? 아니면 불만이 든지. 하지만 너무 서운해 말거라. 네가 반가워할 사람을 데려왔으니."

사송이 말을 하며 어깨에 메고 있던 복면인을 흑의인 앞에 던졌다.

쿵!

복면인이 맨땅에 아무런 대책 없이 나뒹굴었다.

"끄으……."

역시 아혈이 제압되어 제대로 말을 할 수 없는 복면인의 입에서 어눌한 신음 소리가 흘러나온다.

"고통을 견디는 데 익숙한 줄 알았는데 그게 아닌 모양이지?"

신음 소리를 내는 복면인을 보며 사송이 중얼거렸다.

그사이 적월이 동굴 입구를 세밀하게 가리고 불을 피웠다. 입구를 막은 것은 밖으로 빛이 새어나가지 못하게 하기 위함이었다.

동굴 안은 금세 훈훈해졌다. 더불어 아주 밝지는 않지만 사람의 얼굴을 알아보는 데 어려움이 없을 만큼 밝아졌다.

"자, 이제 그자의 얼굴을 좀 봅시다."

모든 준비가 끝났다는 듯 나왕이 말했다.

그러자 사송이 고개를 끄떡였다.

"그럽시다. 나도 사실 무척 궁금했소. 대체 은빛 칠화엽을 사용하는 신화밀교의 목인이란 자들은 어떤 존재들인지 말이오."

사송이 거침없이 복면인의 복면을 벗겼다. 그러자 놀랍게도 너무 평범해 보이는 초로의 노인이 얼굴을 드러냈다.

"허… 이거 참……."

노인의 얼굴이 드러나자 사송이 당황한 듯하면서도 허탈한 표정을 지었다.

도저히 이 노인이 한 지역의 신화밀교 교도들을 지휘하는 사람이라고 믿을 수 없다는 표정이었다.

"당신이 정말 신화밀교 합비 신터의 목인인가?"

사송이 확인하듯 물었다.

그러나 노인의 대답은 없었다.

"아혈을 풀어줘야죠."

유왕 서리가 딱하다는 듯 사송을 타박했다.

"아, 그렇지. 지금은 벙어리지."

사송이 얼른 노인의 목덜미 뒤쪽의 아문혈을 풀었다.

"후욱!"

아혈이 풀리자 노인이 크게 숨을 들이마셨다.

그런 노인을 보며 사송이 다시 물었다.

"정말 당신이 합비 신터의 목인인가?"

"아니면 내가 왜 이곳에 있겠느냐?"

노인이 생긴 것과 달리 차갑게 대답했다. 그의 말속에 내포된
살기가 십이천문의 사람들로 하여금 노인이 신화밀교 합비 신터
의 우두머리임이 느껴지게 만들었다.

"이제야 좀 그럴싸하군. 입을 여니 기세가 달라지는구먼. 이
보시오, 목인 나리. 우리 통성명이나 합시다. 당신 이름이 뭐
요?"

사송이 시장통에서 만난 건달 대하듯 질문을 던지자 노인이
사송을 노려보다가 문득 동굴 한쪽에 처박혀 있는 신화밀교의
학사를 바라봤다. 그러자 노인의 시선을 마주한 신화밀교의 학
사가 고개를 푹 숙였다.

"영환, 몸은 괜찮은가?"

노인이 신화밀교의 학사에게 물었다.

"오호라, 이제야 저자의 이름을 알게 되는군. 학사 영환, 그게
저자의 이름이었군."

그를 고문하면서도 지금까지 그의 이름을 몰랐던 십이천문의

사람들이었다.

"면목이 없습니다. 스승님!"

영환이라 불린 학사가 노인에게 머리를 조아렸다.

"그러지 말게. 자네가 상대할 자들이 아니었어. 이자들은……."

노인이 학사 영환에게서 시선을 돌려 사송과 나왕 등 십이천문의 고수들을 보며 말했다.

"기왕에 입을 연 것 당신 이름도 말해보시오."

사송이 다시 노인의 이름을 물었다.

그러자 노인이 망설이지 않고 대답했다.

"난 신화밀교 합비 신터의 목인 중양이다."

"어허, 거참 시원시원하군. 이야기가 아주 잘 통하겠어."

사송은 거침없이 자신의 이름을 말하는 중양이란 노인을 보며 조금은 놀란 표정으로 말했다.

그러자 이번에는 중양이란 노인이 물었다.

"너희들은 대체 누구냐? 누군데 본 교를 공격하는 것이냐?"

"그 질문에 대답을 듣게 되면 결국 그대는 죽어야 할 거요. 그래도 괜찮겠소? 아니면 우리가 묻는 말에 대답이나 잘 해주고 살 기회를 얻는 것도 한 방법인데… 어느 쪽을 택하겠소?"

사송이 물었다.

상대를 놀리려고 한 말은 아니었다. 사송의 제안은 진심이었다. 비록 이미 신화밀교와 적지 않은 원한을 맺었다고 해도 만약 이들이 십이지방의 혈월야와 관계가 없다면 굳이 더 이상의 살생은 하고 싶지 않은 사송이었다.

사송의 진심이 담긴 제안에 노인 중양의 동공이 한차례 흔들렸다. 아무리 대단한 사람이라도 목숨을 두고 하는 거래는 심장을 떨리게 만드는 법이다.

하지만 중양은 곧 자신의 심기를 되찾았다.

"사람은 종종 호기심에 자신의 목숨을 거는 법이지."

죽더라도 자신들을 공격한 자들이 정체를 알고 싶다는 뜻이었다.

중양의 대답을 들은 사송이 고개를 돌려 나왕을 바라봤다. 그러자 나왕이 고개를 끄떡였다.

나왕의 동의를 얻은 사송이 다시 중양을 바라보며 말했다.

"좋소. 죽기를 각오했으니 우리 얼굴을 볼 자격이 있소."

말을 하면서 사송이 망설이지 않고 얼굴을 가리고 있던 천을 벗었다. 그러자 뒤쪽에 있던 다른 십이천문의 사람들 역시 천을 벗고 모닥불 아래 자신들의 얼굴을 드러냈다.

그렇게 십이천문의 고수들이 얼굴을 드러내자 중양이 깊은 눈으로 십이천문의 사람들 얼굴을 하나하나 살피다가 가장 마지막으로 불사 나왕에게서 시선이 멈췄다.

그러고는 한동안 불사 나왕의 얼굴에서 시선을 떼지 않고 있다가 의문이 가득한 음성으로 입을 열었다.

"이상한 일이군. 그대가 왜……?"

아마도 불사 나왕을 알아본 듯했다.

"날 아시오?"

불사 나왕이 물었다.

"직접 본 적은 없지만, 어떤 사람은 단지 들은 소문만으로도 한눈에 알아볼 수 있지. 불사 나왕… 강호 십대고수로 꼽히는 절대고수이자 송가장의… 사냥개였던 자가 아닌가?"

중양이 일부러 불사 나왕의 심기를 건드리려는 듯 송가장의 사냥개란 말을 들먹였다.

그러나 불사 나왕은 겨우 이 정도 도발에 심기가 흔들릴 사람이 아니었다.

"잘 보았소. 내가 바로 불사 나왕이오."

"천하의 불사 나왕이 왜 우리 신화밀교에 관심을 갖지? 들리는 소문에 의하면 송가장을 떠난 지도 꽤 된 것 같은데. 이후에는 강호의 일에 관여치 않았고."

"그렇게 알고 있다면 신화밀교의 정보력은 실망스러운 수준이군."

송가장을 떠난 이후에도 불사 나왕이 무림에 노출된 일은 제법 있었다. 북두산문과 이패의 분쟁에도 개입했고, 또 음양교 무리의 공격을 받은 북화문의 위기에도 관여했기 때문에 이미 강호의 주요 문파들은 십이천문이라는 청부문에 몸을 담은 불사나왕의 행보에 대해 알고 있을 것이 분명했다.

그런데 그 사실을 모르고 있다면 신화밀교가 강호의 대문파들에 비해 무림의 소식에 밝지 못하다는 뜻이었다.

"아니… 그 말은 들은 것 같군. 십이천문이라던가… 청부문에 몸을 의탁해 밥을 빌어먹고 산다는……."

최대한 나왕을 비하해 말하는 중양이다.

하지만 여전히 불사 나왕은 끄떡도 하지 않았다.

"그래. 그 정도는 알고 있어야지. 그래야 당신들이 자랑스러워

하는 신화밀교가 가치 있는 존재가 되지."

불사 나왕의 말에 중양이 잠시 나왕을 바라보다가, 더 이상 나왕을 놀리거나 심기를 건드릴 필요가 없다고 느꼈는지 진중한 말투로 물었다.

"대체 천하의 불사 나왕이 왜 본 교에 검을 들이대는 것인가?"

그러자 불사 나왕이 조금 멋쩍은 표정으로 대답했다.

"사실 나로서는 신화밀교에 크게 관심을 가질 입장은 아니었소. 다만 나의 제자와 십이천문에게는 무척 중요한 일이라서……."

"십이천문… 역시 단순한 청부문이 아니었던 것이군."

중양이 나왕에게서 시선을 돌려 사송을 바라봤다.

"본 문의 이름을 듣고 생각나는 이름이 없소?"

사송이 물었다. 그의 질문 속에는 한 가닥 기대가 서려 있었다. 자신의 질문에 중양이 십이지방의 이름을 입에 올리길 바랐던 것이다.

그런데 사송의 질문을 받은 중양은 한동안 침묵을 지켰다. 지금까지 어떤 질문에도 막힘없이 대답을 하던 그의 모습과는 사뭇 다른 반응이었다.

"생각나는 이름이 있소?"

사송이 재촉하듯 다시 물었다.

그러자 중양이 천천히 입을 열었다.

"한 문파… 아니, 문파라고 말하기는 어렵고, 한 무리의 사람들이 생각나기는 하는군."

"그게 누구요?"

나왕이 다시 물었다.

"오래전 아주 특이한 자들에 대해 들은 적이 있지. 각기 천부적으로 특출한 재주를 타고난 자들이 한 무리를 이뤄 형제처럼 지내고 있다고 말이야. 천부적인 재능으로 인해 젊은 나이에도 절정의 무공 경지에 올라 있고, 은밀하게 강호의 난제도 여러 개 해결했다고 들었지. 그 이름이 십이지방… 혹의 그대들의 십이천문과 관련이 있나?"

기대했던 대답이다.

이자, 신화밀교 합비 분타의 우두머리 목인 중양은 십이지방을 알고 있었다.

물론 그 자체가 대단한 일이 아닐 수도 있었다. 십이지방의 존재가 강호에 널리 알려진 것은 아니지만, 그들이 칠마와 십육마문의 난 때 몇 가지 무림맹이 부탁한 일을 처리한 적이 있어서 무림맹의 수뇌들에게 십이지방의 존재는 비밀이 아니었다.

하지만 중양은 무림맹의 사람이 아니다. 그러니 그의 입에서 십이지방의 이름이 언급된 것은 특별한 느낌을 주었다. 더군다나 칠화엽을 신표로 사용하는 신화밀교가 아닌가.

"맞소. 우린 십이지방의 후인들이라고 할 수 있소."

사송도 더 이상 자신들의 정체를 숨기지 않았다. 제대로 된 대화를 하려면 자신들이 누구인지 밝힐 필요가 있었다.

"역시 그렇군. 그런데 십이지방의 후예인 그대들이 왜 우리 신화밀교를 공격하는 것인가?"

중양이 이유를 모르겠다는 듯 물었다. 그의 표정에는 어떤 가식도 들어 있지 않아서 정말 그 이유가 궁금한 듯 보였다.

그 표정이 십이천문 사람들을 실망시켰다.

중양의 반응으로 봐서 그는 적어도 혈월야에 대해 특별히 아는 것이 없을 것 같기 때문이었다. 혈월야와 연관이 있다면 이렇게 태연하게 십이천문의 사람들이 신화밀교에 접근한 이유를 묻지는 못할 것이다.

"전부가 아닌 일부란 말인가? 아니면 개중 한 사람?"

나왕이 혼잣말로 중얼거렸다.

그의 말은 신화밀교가 혈월야와 관련이 있다 해도 그건 신화밀교 전체가 아닌 그곳에 속한 일부의 사람에게 해당하는 일이라는 뜻이었다.

만약 신화밀교 전체가 혈월야에 관여했다면, 신화밀교의 중추적인 위치에 있는 목인 중양이 이런 반응을 보일 수는 없었다.

"무슨 말을 하고 있는 것인가?"

중양이 나왕의 혼잣말을 듣고 의아한 표정으로 되물었다.

그러자 나왕이 사송에게 말했다.

"보여주시구려."

사송은 이내 나왕이 무슨 말을 하는지 알아차렸다. 그가 품속에서 금색의 칠화엽을 꺼내 중양에게 내보였다.

"이게 뭔지 알 거요."

사송이 내보이는 금빛의 칠화엽을 중양이 조금 놀란 표정으로 바라봤다.

"그걸 어떻게……?"

"칠화엽의 문양이 신화밀교에선 그리 대단한 비밀은 아니지 않소?"

중양이 놀라는 것이 의외라고 느낀 사송이 되물었다.

"그렇긴 하지만… 금엽은……."

중양이 말꼬리를 흐렸다. 칠화엽에 놀란 것이 아니라 사송이 내보인 칠화엽의 색에 놀란 듯 보였다.

"이 금빛의 칠화엽은 그대들의 큰 스승이라 부르는 사람들이 사용하는 것이라던데. 맞소?"

"음……."

사송의 질문에 중양이 나직하게 신음 소리를 냈다. 금빛 칠화엽이 가지는 의미를 이미 알고 있다는 것이 조금 뜻밖인 모양이었다. 그러면서 그의 시선이 당연하게 영환이란 학사에게로 향했다.

"이미 학사 온고가 많은 말을 한 듯했습니다."

학사 영환이란 자가 자신의 잘못이 아니라는 듯 책임을 온고에게 돌렸다.

"음… 온고의 모습을 보고 견디기 힘들었을 거란 생각은 했지. 그런데 당신들에게 그 금빛 칠화엽의 내막이 사람을 고문해서 알아내야 할 정도로 중요한 것이었나?"

"그렇소."

사송이 망설이지 않고 대답했다.

"왜지?"

중양이 물었다.

그러자 사송이 한숨을 쉬었다.

"다시 말하지만 그 질문에 대한 대답을 해주면 당신은 정말 오늘 살아날 가능성이 일 할도 없소. 그래도 듣겠소?"

"듣고 싶군."

이미 자신의 죽음을 각오한 듯 중양이 망설이지 않고 대답했다.

"좋소. 그럼 당신이 한 가지 대답을 해주면 나도 당신의 질문에 한 가지씩 대답을 하지. 고문을 하는 것보다는 그게 더 깨끗한 방법 아니겠소?"

"그대의 고문이 무서운 것은 아니지만 괜히 힘을 쓸 필요는 없겠지."

중양이 순순히 동의했다.

"그럼 먼저 묻겠소. 금빛의 칠화엽에도 사용하는 사람마다 구분을 할 수 있는 특징이 있소? 아니면 큰 스승이라는 사람들은 동일한 금빛 칠화엽을 사용하오?"

사송의 질문에 중양이 살짝 얼굴을 찌푸렸다. 대답하기 쉽지 않은 모양이었다. 그러다가 결국 입을 열었다.

"물론 큰 스승님들은 같은 금엽을 사용하지만 큰 스승님들에 따라 조금씩의 차이는 있지."

"그럼 이 금엽을 사용한 사람을 말해줄 수 있소?"

"난 이미 한 가지 대답을 했다."

중양이 이젠 자신이 질문을 할 차례라는 듯 말했다.

"흠, 그렇군. 그럼 당신이 묻고 싶은 것을 물어보시오."

"왜 그 금엽이 그대들에게 그리 중요한 거지?"

"그 질문은 너무 포괄적이구려."

"대답을 하지 않겠다면 약속은 깨지는 것이고."

중양이 아쉬울 것 없다는 듯 말했다.

그러자 사송이 잠시 생각에 잠겼다가 입을 열었다.

"이 금빛 칠화엽이 과거 한 사건이 벌어진 장소에 떨어져 있었기 때문이오. 이 정도 대답이면 적당할 것 같군."

"그게 어떤 사건인가?"

중양이 급히 물었다.

그러자 사송이 빙그레 미소를 지었다.

"이젠 내가 질문할 차례요. 자, 그럼 이 금엽은 큰 스승들 중 누가 사용한 것이오?"

사송이 중양의 말을 가로막으며 질문하자 중양은 고개를 저었다.

"그것만으로는 알 수 없다."

"그럼 뭐가 더 필요하오?"

"칠화엽은 본 문의 학사 이상의 교도들이 신표로 사용하는 것으로 그 색과 함께 수놓인 숫자, 그리고 숫자의 색으로서 각 교도들의 신분을 증명한다. 그러니 그 금엽만으로는 오직 큰 스승님들 중 한 분의 것이라고만 알 수 있을 뿐 그것이 어느 분의 것인지는 알 수 없다."

"나머지 숫자가 새겨진 부분이 있어야 한다는 것이군."

"그렇다. 이젠 내가 질문할 차례인 것 같군. 그 금엽이 발견된 사건이 어떤 사건인가?"

중양이 물었다.

그러자 사송이 나직하게 되물었다.

"그대는 혈월야를 아시오?"

"혈월야……?"

중양이 고개를 갸웃했다.

아마도 그의 머릿속에 혈월야라는 말이 선뜻 떠오르지 않는 모양이었다.

"모르는 모양이군. 그럼 내 대답은 아무 소용이 없소. 이 칠화엽은 바로 그 혈월야의 밤에 남겨진 것이니까."

사송이 실망스러운 표정으로 말했다. 적어도 중양이라면 십이지방이 멸문을 당한 혈월야에 대해 알고 있을 거라고 생각했기 때문이다. 혈월야를 모른다면 당시 신화밀교의 큰 스승들 중 그곳에 있었을 만한 자를 추측하는 것 역시 어려운 일이었다.

"혈월야가 어떤 사건인가?"

중양이 물었다.

그러자 사송이 다시 고개를 저었다.

"아니지. 이번엔 다시 내가 질문할 차례요. 묻겠소. 신화밀교 큰 스승들의 별호와 이름을 말해보시오."

"그건 불가하다."

중양이 단호하게 고개를 저었다.

다른 것은 몰라도 큰 스승들의 정체에 대해서는 절대 말할 수 없다는 의지가 확고해 보였다.

"그럼 우리 거래는 끝이구려."

사송도 단호했다.

"나에게 어떤 짓을 해도 큰 스승님들에 대한 이야기는 들을 수 없을 것이다."

"물론 크게 기대는 하지 않소. 당신같이 사교에 경도된 사람들은 고문을 이겨내는 인내력도 탁월하니까. 하지만… 이건 어떻소? 만약 이곳에서 당신이 큰 스승들에 대해 말하지 않는다면 신화밀교 합비 신터는 오 일 안에 세상에서 완전히 사라질 것이오."

"…그게 가능할 것이라고 생각하느냐? 아니, 왜 그렇게까지……?"

중앙이 사송의 반응이 너무 지나치다고 생각했는지 의아한 표정으로 되물었다.

그러자 사송이 대답했다.

"그대가 서로 질문을 교환하기로 한 약속을 지키지는 못했으나 그대의 터전인 합비 신터를 세상에서 지워 버리는 대가로서 대답해 주지. 그대가 알고 있는 십이지방은 십팔 년 전에 멸문했소. 우리는 그 일이 있던 밤을 혈월야라 부르오."

"아……!"

중앙의 입에서 탄식이 흘러나왔다.

이제야 이들이 금빛 칠화엽에 그토록 관심을 갖는 이유를 알게 된 것이다.

이들이 십이지방의 후인들이고 과거 십이지방이 멸문한 일을 조사하고 있다면, 그리고 그 당시 남겨진 단서가 칠화엽이라면 반드시 신화밀교를 찾아올 수밖에 없었을 것이다.

그리고 아마도 자신에게서 큰 스승들에 대한 이야기를 듣지 못하면 정말 합비 신터를 잿더미로 만들어 버릴 이유도 충분했다.

신터를 멸절시키면 큰 스승들이 움직일 수밖에 없을 테니까.

하지만 중양은 여전히 이들 다섯 사람이 합비 신터를 멸절시킬 수 있다고는 생각지 않았다.

"그대들 뒤에 다른 세력이 있는 모양이군."

"왜 그런 생각을 하오?"

중양의 말에 사송이 되물었다.

"그럼 겨우 이 인원으로 본 교의 신터를 전멸시킬 수 있다고 말하는 건가?"

"못할 것 같소?"

사송이 되물었다.

"후후, 그건 아무리 불사 나왕이 있어도 불가능한 일이다. 신화밀교는 너희들이 생각하는 것만큼 약하지 않아. 아마 지금쯤 너희들의 혼적을 찾아 본 교의 사신(死神)들이 움직이고 있을 것이다. 그들에게 발각되는 순간 너희들은 죽은 것과 다름없을 것이고……."

중양이 협박하듯 말했다.

"사신? 그자들은 또 누구요?"

사송이 물었다.

"일곱 분의 큰 스승님들께서 직접 움직이는 사람들이지. 오직 큰 스승님들께만 지시를 받는 사람들… 천하의 각지에 퍼져 있고, 다양한 신분으로 존재한다. 그들이 움직이면 천하의 구패라도 멸문하고 말 것이니… 하물며……."

중양이 너희들 따위야 하는 표정으로 말을 끝냈다.

사송이 슬쩍 불사 나왕을 바라봤다. 그러자 불사 나왕이 고개를 끄떡이며 말했다.

"어쩌면… 듣고 싶은 대답이었을지도 모르겠소."

나왕의 말은 신화밀교의 일곱 스승들이 움직인다는 사신들이 혈월야에 관여했을지도 모른다는 뜻이었다.

"사신이 몇 명이나 되오?"

"그 역시 아무도 모른다. 오직 큰 스승님들만 알고 있지."

"후우… 그래서 결국 큰 스승 중 한 명이라도 반드시 만나야 한다는 결론이 다시 나는군. 그대는 우리에게 큰 스승이라는 사람들 중 한 사람이라도 만나게 해줄 수 있소?"

사송이 중양에게 물었다.

그러자 중양이 고개를 저었다.

"이미 말했지만 그건 불가능한 일이다. 큰 스승님들께선 오직 스스로 원하실 때만 우리 앞에 나타나시니까."

"만약 신화밀교에 중요한 일이 있어 그들을 만나야 할 때는 어떻게 하오?"

"그분들이 알아서 나타나시지."

중양이 대답했다.

그러자 사송이 중얼거렸다.

"그 말은 큰 스승이란 자들이 어디 깊은 산속에 사는 것이 아니라 정체를 감추고 언제나 당신들 신화밀교의 움직임을 감시하고 있다는 뜻이군."

"감시가 아니라 보호해 주시는 것이다."

"후후, 그야 당신들 입장이고. 아무튼 그래서라도 합비 분타를 지워 버릴 필요가 있을 것 같군. 그래야 큰 스승이라는 자들 중 하나라도 나타날 테니까."

사송이 중얼거렸다.

"그 순간 당신들은 모두 죽게 될 것이다."

"후후, 지금까지 한 일로도 기회가 되면 우릴 모두 죽일 텐데. 한 가지 일을 더 한다 해서 변할 게 뭐가 있겠소."

사송이 더 이상 중양과 할 말이 없다는 듯 그의 앞에서 물러났다.

그러고는 조금 걱정스러운 표정으로 나왕과 유왕 서리가 있는 곳으로 다가와 말했다.

"생각보다 성과가 없소이다."

합비 신터의 우두머리인 중양을 잡았지만 그에게서 얻은 정도가 미미하다는 뜻이었다,

"어쨌든 그들에 대해 좀 더 자세히 알게 된 것은 사실 아니오. 조금씩 조금씩 그렇게 알아가다 보면 결국 모든 것을 알게 될 것이오. 너무 조급해 맙시다."

불사 나왕이 말했다.

"정말 합비 신터를 공격할 거예요?"

유왕 서리가 걱정스러운 표정으로 물었다.

"큰 스승이라는 자들을 움직일 수 있는 방법이 그것뿐이라면……"

"그의 말대로 너무 위험하지 않을까요?"

서리가 물었다.

"위험해도 하지 않을 수 없는 일이지."

사송이 결심을 굳힌 듯 말했다.

그러자 나왕이 말했다.

"그를 좀 더 추궁해 보면 어떻겠소?"

나왕의 말에 사송이 고개를 저었다.

"내 생각에는 큰 스승이라는 자들을 만나기 전에는 그를 추궁한들 아무런 소용이 없을 것 같소이다."

"음… 하긴 혈월야조차 모르고 있는 자이니. 하지만 어쨌든 그와 좀 더 이야기를 할 필요는 있을 것 같소. 적어도 합비 분타의 내부 사정은 자세히 알아낼 수 있지 않겠소?"

"그렇기는 하구려. 후우… 또다시 독수를 써야 하나?"

사송에게도 사람을 고문하는 일은 달가운 일이 아니었다. 단지 혈월야의 비밀을 풀기 위해 독하게 손을 쓰는 것을 망설이지 않았지만, 마음에 부담이 큰 일이기는 했다.

"이번에는 내가 하겠소."

그런 사송의 마음을 알았을까, 나왕이 중양을 추궁할 것을 자청하고 나섰다.

"불사께서요?"

사송이 조금 놀란 표정으로 되물었다.

그도 그럴 것이 비록 불사 나왕이 독심으로 유명하긴 하지만 그래도 굳이 분류하자면 그는 정파의 일대고수라고 할 수 있었다.

그런 사람이 고문을 해서 누군가의 입을 열어야 하는 일을 자청한다는 것은 생각하기 어려운 일이었다.

"뭐… 누구라도 해야 할 일 아니겠소?"

"그래도 불사께 이 일은……."

"걱정 마시오. 나 나름대로 방법이 있으니까."

불사 나왕이 가볍게 사송의 걱정을 받아 넘기고는 천천히 걸음을 옮겨 중양 앞으로 다가갔다.

"나에 대해선 제법 알 거요."

중양 앞에 선 불사 나왕이 입을 열었다.

"후후, 어찌 모르겠는가. 천하의 불사 나왕을!"

"그럼 내가 사마의 무리를 다루는 데 인정을 두지 않는다는 것도 알고 있을 거요."

"그렇다고 들었지. 칠마와 십육마문의 난 때 가장 독하게 손을 쓴 사람 중 한 명이라고."

"그걸 알고 있다면 내가 묻는 말에 순순히 답하는 것이 좋을 거라는 것도 알 거요."

"독수를 쓴다 해서 입을 열 내가 아니지. 그렇게 보았다면 사람을 잘못 보았어. 나에게서 큰 스승님들에 대한 그 어떤 말도 듣지 못할 것이다."

중양이 다부진 표정으로 말했다.

그러자 나왕이 고개를 저었다.

"내가 알고 싶은 것은 그들에 대한 것이 아니오. 사실 내가 보아하니 당신도 큰 스승이라는 자들에 대해 제대로 아는 것이 없는 것 같은데 알아내 봐야 얼마나 알아내겠소. 아니오?"

나왕의 말에 중양의 표정이 살짝 변했다.

불사 나왕의 지적은 정확했다. 사실 중양도 큰 스승이라는 사람들에 대해서는 아는 것이 별로 없었던 것이다.

"그럼 뭘 알고 싶은 것인가?"

중앙이 화난 표정으로 물었다.

자신이 신화밀교에서 생각보다 중요하지 않은 사람이라는 것을 지적받은 듯한 기분이 들었던 모양이다.

"이곳 합비 신터의 모든 것을 털어놔야겠소."

"내가 그걸 말해줄 것 같은가?"

"말해주는 게 좋을 거요."

"후후, 난 그럴 이유가 없어."

중앙이 고개를 저었다.

그러자 나왕이 냉혹한 눈빛을 내보이며 말했다.

"당신이 합비 신터에 대해 모든 것을 말해주면 난 그곳에 있는 신화밀교의 교도들에게 생로를 열어주고 공격을 할 거요. 하지만 당신이 말하지 않는다면 난 그곳을 초토화시켜 개미 새끼 한 마리 살아남지 못하게 만들 거요. 그게 가장 확실한 방법이니까. 그러니 당신이 당신의 교도들 중 일부라도 살리고 싶다면 당신이 알고 있는 것을 말해야 할 거요. 더불어……."

"…또 다른 협박이 있는가?"

"당신이 합비 신터에 대해 털어놓지 않으면 난 이 일에 무림맹을 끌어들일 것이오. 알겠지만 나에겐 무림맹을 움직일 수 있는 능력이 있소. 그렇게 되면 천하가 알게 되겠지. 신화밀교라는 사교에 대해……."

다른 말에는 끄떡도 하지 않던 중앙의 표정이 나왕의 마지막 협박에는 딱딱하게 굳었다.

그런 중앙을 보며 나왕이 다시 말했다.

"우리 목적은 신화밀교를 멸교시키는 것이 아니라 큰 스승이

라는 자들을 만나는 것이오. 그러니… 일을 크게 만들지 말구
려. 선택은 그대의 몫이오. 물론… 어떤 경우든 그대는 죽겠지
만."

　나왕의 목소리가 그 어느 때보다 차가웠다.

제8장
기이한 계획

  불사 나왕의 행동을 처음에는 모든 사람들이 이해하지 못했다.

  겨우 신화밀교 합비 신터에 사는 신화밀교 교도들 일부가 살아나갈 기회를 주겠다는 약속으로 목인 중앙에게 신터의 지형과 구조를 말하라는 협박이 먹혀들 거라고 생각한 사람은 아무도 없었다. 그런데 이 이상한 협박이 효과를 발휘했다.

  불사 나왕은 중앙으로부터 신화밀교의 합비 신터에 대한 정보를 모두 들은 후 정말 그를 죽였다.

  물론 그 죽음은 조용하고 편안했다. 목인 중앙 역시 어떤 원망이나 반항 없이 순순히 자신의 죽음을 받아들였다.

  그러면서도 물론 한마디 말은 했다. 불사 나왕이 한 약속을 꼭 지키라는. 그는 마치 정말 불사 나왕이 자신과 한 약속을 반드시 지킬 거라고 믿고 있는 듯했다.

죽음은 단지 중양에서 그치지 않았다. 그에 앞서 잡혀 있던 학사 영환 역시 죽음을 피하지 못했다.

물론 그 역시 중양과 마찬가지로 편한 죽음을 맞이했다. 그리고 그 모든 죽음은 불사 나왕의 손에 의해 이뤄졌다.

십이천문의 사람들은 불사 나왕이 목양을 다루는 것을 보면서 그가 왜 강호에서 독심으로 명성이 자자한지 실감했다.

그동안 십이천문을 만들고 함께 지내면서도 자왕 사송이나 유왕 서리는 불사 나왕이 독심으로 불리는 이유를 실감하지 못했다.

물론 그가 평소 냉막한 성정을 보이기는 했으나, 그렇다고 독심으로 불릴 만큼 독하게 손을 쓰거나 사람의 생명을 경시하는 모습은 보이지 않았기 때문이다.

그런데 오늘 목인 중양이나 학사 영환의 생명을 거둘 때, 비로소 십이천문의 사람들은 불사 나왕이 일단 결심이 서면 얼마나 차갑고 냉정해질 수 있는 사람인지 실감할 수 있었다.

미래의 위험을 피하기 위해서라지만 반항할 수 없는 사람을 제거하는 일을 그는 망설이지 않고 해냈다.

아마도 칠마 십육마문의 난 때의 모습이 이러했을 것이라고 십이천문의 사람들은 생각했다.

그의 독심이라는 명성이 송가장에 매여 사는 동안 송가장의 사냥개라는 비웃음으로 무색해지기는 했으나, 결심한 일을 행하는 불사 나왕의 독심은 여전히 그의 본성이었던 것이다.

퍼퍽!

한밤중에 땅을 파고 두 사람을 위해 하나의 봉분을 만드는 일은 적월의 몫이었다.

적월 역시 불사 나왕의 냉정한 손속에 충격을 받기는 마찬가지여서 묵묵히 목인 중양과 학사 영환을 묻는 일에 열중할 뿐 어떤 말도 하지 않았다.

공예는 두려워서인지 다른 때와 달리 아예 불사 나왕의 곁에서 멀찍이 떨어져 있었다.

그런데 그 모든 변화들, 자신에 대한 놀람과 두려움을 본능적으로 드러내 보이는 십이천문 사람들의 변화를 나왕은 담담히 받아들였다.

"됐어요."

아마 꽤 오랜만에 사람의 목소리가 흘러나온 것일 터였다.

적월의 손에 의해 만들어진 작은 봉분이 외롭게 새벽을 맞이하고 있었다.

"한 군데 두 사람이 누워 있으니 외롭지는 않겠군."

농 아닌 농을 자왕 사송이 흘렸다. 그러면서 그가 슬쩍 불사 나왕의 눈치를 살폈다.

불사 나왕은 시선을 돌려 잿빛으로 변해가는 숲의 새벽을 바라보고 있었다.

이제 곧 잿빛이 사라지고 태양이 떠오르면 숲은 화려한 생명의 장으로 변하게 될 것이다. 그럼 오늘 그의 손에 죽은 두 사람의 무덤 역시 그 빛의 일부로 변할 것이다.

"운명이라는 것을 믿느냐?"

갑자기 불사 나왕이 적월에게 물었다.

그러자 적월이 움찔하다가 대답했다.

"어느 정도는……."

자신 없는 말투지만 평소 생각하고 있던 답이기는 했다.

"나도 운명을 믿고 산다. 사실 세상일은 인간의 머리로는 예측하기 힘들지. 그래서 사람들은 운명이란 말을 만들어낸 것일 터이다."

갑자기 운명 타령을 하는 불사 나왕을 적월이나 다른 십이천문의 사람들이 의아한 눈으로 바라봤다.

그러거나 말거나 불사 나왕이 다시 입을 열었다.

"하지만 운명이란 놈도 가끔은 예상치 못하게 찾아오기 앞서서 미리 자신이 오고 있음을, 또한 어떤 모습으로 찾아올지 슬쩍 그 일면을 내비치기도 한다. 현명한 사람은 그 순간, 자신을 찾아오는 운명의 그림자를 읽고 그에 대비하고, 어리석은 사람은 아무런 대비 없이 그저 운명이 이끄는 대로 자신의 삶을 살아가지."

"오늘 일이 그 운명에 대한 대비였다고 말씀하시는 건가요?"

적월이 물었다.

"그렇다. 너나 혹은… 다른 사람들도 오늘 내 행동이 당황스러울 것이다. 그러나 사실 저 두 사람을 살려두고서는 우린 어떤 일도 할 수 없는 처지였다. 저들에게 발이 묶여 있을 수도 없고, 그렇다고 데리고 다닐 수도 없는 상황이었지 않느냐? 결국 우리 손에 죽어야 할 자들이었다는 뜻이다."

나왕은 무척 차분했다.

자신의 행동을 변명하는 것 같지도 않았다. 그것보다는 마치 적월을 가르치려는 듯한 모습이었다.

"물론 그렇기는 합니다만……."

"내 태도와 행동이 너무 냉정하다고 느꼈겠지."

나왕이 적월의 마음을 읽고 있다는 듯 말했다.

"……."

나왕의 짐작대로였으므로 적월은 달리 대답하지 않았다. 그러자 나왕이 다시 침착한 목소리로 말했다.

"칠마와 십육마문의 난 때 수많은 사람들이 죽었다. 난 신응조로서 가장 위험한 사지에 뛰어들어 무림을 위해 싸웠지. 당시 신응조로 활동한 사람의 숫자가 수백, 그런데 그중 싸움이 끝났을 때 살아남은 사람은 겨우 수십 명에 지나지 않았다. 그것도 처음부터 신응조였던 사람을 꼽자면 겨우 십여 명 정도일까."

나왕의 목소리에 깊은 회한이 느껴졌다. 비록 이십여 년 가까이 흐른 일이지만, 어제 겪은 일처럼 생생하게 과거의 참혹했던 전쟁이 떠오르는 듯 보였다.

"그 죽음의 전장에서 생존하며 내가 얻은 교훈이 있다. 그건 거대한 운명과 마주할 때는, 더군다나 그것이 자신과 동료들의 목숨을 걸어야 하는 운명이라면 어떤 경우라도 자신의 결심을 행동으로 옮기는 데 망설임이 없어야 한다는 것이다. 신응조의 수많은 동료들이 잠깐의 망설임, 혹은 본능적인 동정심으로 인해 오히려 자신이 죽어갔다. 그런 싸움에서는 순간의 망설임도 곧 사치다. 오늘 내가 너에게 보여주었던 행동은 그런 면에서 다짐 같은 것이다."

나왕의 시선이 적월을 벗어나 자왕 사송과 유왕 서리, 그리고 공예에게까지 죽 흘러갔다.

그의 시선을 받은 사람들이 자신도 모르게 침을 꿀꺽 삼켰다.

"다짐이라면… 무슨 뜻인지요?"

적월이 무겁게 물었다.

"솔직히 말해 지금까지 십이지방이 겪은 혈월야는 나와는 직접적인 연관이 없는 일이었다. 그래서 혈월야의 비밀을 찾는 일에서 난 항상 한 걸음 뒤에 있었던 것이다. 그러나… 이제부터는 그럴 수 없을 것 같구나. 그러기에는 적이 너무 강해."

나왕의 말에 십이천문의 사람들이 침을 꿀꺽 삼켰다.

나왕의 입에서 누군가에 대한 두려움이 흘러나온다는 것은 쉽게 생각할 수 없는 일이기 때문이다.

"신화밀교가 그렇게 대단하다고 보시는 건가요?"

"그렇다."

"하지만 그들에 대해선 아직은……"

"내가 처음에 말했지? 운명이라는 놈이 가끔 자신이 오는 모습을 슬쩍 내비쳐 줄 때가 있다고. 지금이 그렇다. 난 우리에게 다가온 신화밀교와 그 일곱 명의 큰 스승이란 자들에게서 마치 과거 칠마의 난 때 그 마두들에게서 느꼈던 강력함을 느낀다."

나왕의 말에 장내의 모든 사람들이 놀란 표정을 지었다.

설마 나왕이 신화밀교 일곱 명의 큰 스승을 칠마와 비견할 줄은 몰랐기 때문이었다.

칠마가 누군가. 한때 강호무림 전체를 그들이 손에 넣을 뻔했던 절대자들이었다. 그런 자들과 사교의 우두머리들이 비견된다는 것을 다른 사람들은 쉽게 이해하지 못했다.

"그들이 그렇게 강할지는 확실치 않은 것 아니오?"

자왕 사송이 반문했다.

"물론 그렇소. 그러나 내 육감은 그렇게 경고하고 있구려. 그래서 이 싸움을 시작하기 전에 스스로, 혹은 우리 십이천문의 식구들에게 다짐을 하고 싶었던 거요. 적어도 이 일에 관한 한 난 과거 칠마를 상대하던 시절의 그 불사 나왕이 될 거요. 그리고 자왕께서도, 또 유왕께서도 지금까지와는 다른 마음으로 저들을 상대하셔야 할 거요."

"음……."

"하아……!"

자왕 사송과 유왕 서리가 동시에 나직한 한숨을 쉬었다. 그들이 미처 깨닫지 못했던 운명의 거대한 무게가 나왕의 말로 깨달아졌기 때문이다.

그러고 보니 나왕이 지난밤 한 행동들이 절대 과한 것이 아니라고 느껴졌다.

그런 냉정함을 갖지 않으면 결코 신화밀교라는 이름으로 다가온 이 거대한 운명을 이겨 나갈 수 없을 것이기 때문이다.

"불사께서 부족한 우리를 잘 이끌어주시기 바라오."

자왕 사송이 새삼스럽게 정중한 태도로 불사 나왕에게 포권을 해 보였다.

지금까지 혈월야의 비밀을 추격하는 일은 자왕 사송과 유왕 서리의 일이었지만, 신화밀교의 일곱 큰 스승을 불러내 그들과 혈월야의 관계를 알아내는 일은 결국 불사 나왕의 힘에 의지할 수밖에 없었기 때문이다.

"저도 부탁드리겠어요."

유왕 서리도 조용하게 말했다.

그러자 나왕이 무겁게 고개를 끄떡였다.

"그래봅시다. 이 일은… 비단 혈월야의 비밀뿐 아니라 어쩌면 강호의 큰 비밀이 내포되어 있는 일인지도 모르겠소. 그런 일이 우리 앞에 다가왔다는 것은 결국 하늘이 우리에게 내려준 업이 아니겠소? 어디 어떤 운명인지 부딪혀 봅시다."

불사 나왕이 팔짱을 끼며 시선을 밝아오는 하늘로 돌렸다.

그 순간 적월은 자신의 이 못생긴 스승이 그의 예상보다, 혹은 무림의 평가보다도 훨씬 더 거대한 사람임을 깨달았다.

*　　　　　*　　　　　*

나왕과 적월이 느리게 걸었다.

늦은 밤 시전의 상점들은 거의 문을 닫고 있었고, 몇몇 기루만 늦은 술손님을 상대하느라 불을 밝히고 있었다.

어둑한 시전을 걷는 두 사람의 걸음은 여유가 있었으나, 일정한 보폭과 속도를 유지하고 있어서 눈 밝은 고수가 보면 두 사람이 결코 산보나 하자고 걷고 있는 것이 아니라는 것을 알아챌 수 있었다.

그렇게 한동안 시전을 걷던 두 사람의 걸음이 멈춘 곳은 신화밀교에 대한 추격이 시작되었던 오래된 서점 앞이었다.

"준비되었느냐?"

불사 나왕이 긴장한 듯한 적월에게 물었다.

"예, 스승님!"

"다시 한번 묻겠다. 마음이 어떠해야 한다고?"

"냉정해야 합니다."

"손속은 독해야 한다. 한순간의 망설임이 너와 나를 위험에 빠뜨릴 수 있어."

"예, 사부님."

적월이 대답했다.

"좋아. 그럼 시작하자."

나왕이 고개를 끄떡이고는 한 손으로 오래된 서점의 문을 밀었다.

"장사 끝났는데요?"

중년의 서점 주인이 문을 열고 들어서는 나왕과 적월을 뻘쭘한 눈으로 바라보며 말했다.

"그렇소? 미안하오. 급히 찾을 것이 있어서 늦게라도 왔는데."

나왕이 태연하게 말했다.

"어떤 서책을 찾으시는데 이 시간에……?"

서점 주인이 호기심을 보이며 물었다.

그사이 적월이 조용히 서점의 문을 잠갔다.

물론 그 모습을 서점 주인은 보지 못했다. 불사 나왕이 거침없이 서점 주인 앞으로 다가갔기 때문이다.

"이곳에 세상에서 보기 드문 진귀한 경전이 있다고 하던

데⋯⋯?"

서점 주인 앞에 바짝 다가선 나왕이 물었다.

"경전이야 유불도 삼학을 막론하고 여럿 있지만 희귀하다고까지는⋯⋯."

서점 주인이 본능적으로 경계심을 드러내며 대답했다.

"아니, 그런 것 말고⋯⋯."

"이교의 경전을 찾으신다면 그런 것은 취급하지 않습니다만."

"있을 텐데? 신화밀교라고⋯⋯."

"당신⋯ 컥!"

말을 하다 말고 서점 주인이 신음 소리를 냈다. 어느새 나왕이 그의 목울대를 움켜잡은 채 자신 앞으로 서점 주인을 끌어들이며 말했다.

"옆의 객잔으로 이동할 수 있는 비밀 통로와 둘 사이에 비밀 공간이 있다는 것을 알고 있다. 입구가 어디냐?"

나왕의 물음에 서점 주인이 고개를 가로저었다. 모른다는 소리인지, 말할 수 없다는 의사인지 알 수 없다.

"말해도 된다. 난 불사 나왕이라는 사람이고, 며칠 전 신화밀교 합비 신터의 우두머리인 목인 중양이라는 사람을 죽인 사람이다. 물론 그로부터 이곳 성내와 성 밖 신터에 대한 모든 정보를 얻은 사람이기도 하지. 그러니 새삼스레 신화밀교의 비밀을 지키려 고통을 자초할 필요는 없다. 입구가 어디냐?"

예상치 못한 말을 쏟아내는 나왕을 경악스러운 눈으로 바라보며 서점 주인이 멍한 표정을 지었다.

그러자 나왕이 다시 말했다.

"학사 일원일, 그게 당신 이름이지? 이제 내 말을 믿겠나?"

나왕이 슬쩍 서점 주인, 중양으로부터 신화밀교 합비 신터의 모든 연락을 도맡고 있다고 들은 자의 이름을 들먹이며 물었다.

"저, 정말… 목인 님을 죽였느냐?"

살짝 숨이 트인 학사 일원일이 원독이 찬 눈으로 나왕을 보며 물었다.

"고통 없이 편하게 갔다. 대신 내게 합비의 신화밀교에 대한 모든 것을 말해주고 갔지."

"그분께서 절대 그럴 리 없다. 절대 본 교를 배신할 분이 아니니까."

학사 일원일을 고개를 저으며 부정했다.

"물론 그는 신화밀교를 배신한 것이 아니다. 그가 그 모든 것을 털어놓은 것은 신화밀교 교도들을 위한 선택이었다. 털어놓지 않으면 내가 무림맹의 고수들을 데려와 이곳에 있는 신화밀교의 모든 교도들을 말살할 것이라고 했으니까."

"다… 당신 대체 누구기에……?"

"벌써 잊었나? 불사 나왕이라는 사람이라고 했을 텐데?"

"불사 나… 설마?"

사내가 뒤늦게 불사 나왕이라는 이름이 가지는 의미를 깨닫고는 놀란 눈으로 나왕을 바라봤다.

"맞아. 내 얼굴을 보면 내 말이 거짓이 아니란 걸 알 거야. 이렇게 못생긴 얼굴은 흔히 볼 수 없으니까. 자, 그러니 이제 대답하라. 비밀 구역으로 통하는 입구가 어디지?"

나왕이 다시 물었다.

"그건……."

학사 일원일이 여전히 대답을 미뤘다. 그러자 나왕이 가차 없이 학사 일원일의 숨통을 움켜쥐었다.

"큭!"

"어차피 네 대답은 필요 없었다. 서점을 뒤져 찾으면 못 찾을 것도 없으니까. 셋 동안 말하지 않으면 넌 죽는다. 큰 스승이라는 자들에게 이곳의 소식을 전할 수 있는 수단을 가진 자가 그나마 너라기에 살려두려 했던 것인데… 굳이 살고 싶지 않다면 상관없지. 하나, 둘……."

"황산! 황산도 족자 뒤가 입구요."

일원일이라는 자가 급히 말했다. 어차피 드러날 입구를 감추느라 지금 죽을 생각은 없는 듯 보였다.

일원일의 대답을 들은 나왕이 적월을 돌아봤다. 그러자 적월이 재빨리 걸음을 옮겨 일원일이 말한 황산을 그린 족자를 걷어 냈다.

"있어요."

과연 족자 뒤에는 교묘하게 감춰진 비밀 통로의 입구가 있었다.

"좋아. 약속을 했으니 널 살려두겠다. 하지만 오늘 밤은 잠들어 있어야겠다. 그게 네게도 좋을 테니까."

툭!

나왕의 말이 끝나자마자 학사 일원일이 머리가 수그러지며 정신을 잃었다. 나왕은 정신을 잃은 일원일을 서점 한쪽으로 밀어 놓고, 서점 안을 밝히던 호롱불을 손에 들었다.

그러고는 족자 뒤에 숨겨진 비밀 문 앞에 서 있는 적월에게 말했다.

"검을 뽑아라. 이곳은 실질적으로 합비 신화밀교의 심장과 같은 곳이니 이곳을 완전히 무너뜨린다. 그럼 합비의 신화밀교 교도들은 눈과 귀가 먼 상태가 될 테니 신터를 공격하는 일이 한결 수월해질 것이다. 다른 신터에 도움도 청할 수 없을 것이고."

"알겠습니다. 스승님!"

적월이 검집에서 검을 꺼냈다.

"가자!"

나왕이 말이 끝나자 적월이 가볍게 검을 휘둘렀다.

서걱!

날카로운 절단음과 함께 비밀 통로의 문이 두부처럼 베어졌다.

툭!

적월이 베어진 문을 손으로 치자 조각난 문의 잔재들이 안쪽으로 무너져 내리고 검은 공간이 두 사람 앞에 모습을 드러냈다.

"누구냐?"

정확히 십 장을 전진했을 때, 검은 옷을 입은 자들 둘이 길을 막았다. 그 순간 적월의 검이 어둠 속에서 번뜩였다.

"큭!"

"욱!"

너무 갑작스러운 공격에 두 명의 흑의인이 짤막한 비명을 지르며 그 자리에 고꾸라졌다.

다음 순간 적월과 두 흑의인을 지나쳐 간 나왕이 벼락처럼 왼손을 휘둘렀다.

쾅!

순간 비도(秘道) 한 중간을 가르며 닫히려던 나무 문이 큰 소리와 함께 박살 났다.

나왕이 박살 난 문을 몸으로 밀고 들어가며 계속해서 왼손을 휘둘렀다. 그의 오른손에는 여전히 서점 안을 밝히던 호롱불이 들려 있었다.

"악!"

"막앗!"

서로 다른 사람의 목소리가 연이어 터져 나왔다. 그 와중에 한 사내는 나왕의 백화수에 격중되어 바닥에 쓰러졌다.

순간 다시 뒤에 있던 적월이 나왕을 스쳐 지나가며 매섭게 검을 휘둘렀다.

불파일맥의 일살검이다.

지금은 백초산의 금강검이 아닌 불파일맥의 일살검이 필요한 시기였다. 적을 막는 것이 아닌 적을 격살해야 할 시간이기 때문이었다.

번쩍!

적월의 검이 차갑고 날카로운 검광을 번뜩이는 순간 두 명의 신화밀교 교도들이 바닥에 쓰러졌다.

큰 비명도 없었다. 그들은 그저 낯선 검광이 자신들의 몸을 훑고 지나간다고 느끼는 순간 정신을 잃고 쓰러졌다.

그만큼 제대로 시전된 불파일맥의 일살검은 무서웠다. 더불어 독하게 마음먹은 적월의 검이어서 더욱 매서웠다. 적월의 일살검을 보는 나왕조차도 감탄할 정도였다.

그리고 한편으로는 이 불유쾌한 싸움을 통해 자신의 제자 적월이 무인으로서 한 단계 더 성장할 것이라는 사실에, 작은 위안을 받기도 하는 나왕이었다.

"이놈들! 감히 신화의 땅을 침범하다니……!

나왕과 적월이 문을 박살 내며 들어간 곳은 반경 십여 장 정도 되는 지하 석실이었다.

오래된 서점과 그와 인접한 객잔 사이의 지하에 만들어진 신화밀교의 비처인 공간에는, 십여 명의 신화밀교 교도들이 모여 있었다.

그들은 갑작스러운 침입자의 공격에 당황하다 동료들을 연이어 잃자 정신을 차리고 반격을 하기 시작했다.

그러나 그들의 공격은 거의 무의미한 몸짓에 지나지 않았다.

적월의 검과 불사 나왕의 백화수가 아낌없이 펼쳐지자 밀실 안에 있던 신화밀교 교도들은 태풍에 꺾이는 여린 나무들처럼 일순간에 밀실 바닥에 너부러졌다.

개중 운이 좋은 사람은 목숨이 붙어 있었고, 거의 대부분은 적월과 나왕의 치명적인 살수에 이미 목숨이 끊긴 상태였다.

"끄으윽!"

그나마 목숨을 건진 자들 중 한 명이 신음을 흘렸다. 그런 그를 향해 나왕이 가볍게 손을 가져다 대자 신화밀교의 교도가 그대로 정신을 잃었다.

"운이 좋은 놈이군."

나왕이 침울한 표정으로 중얼거렸다. 이 와중에 죽지 않고 살아 있으니 운이 좋다는 의미였다.

"죽이지 않아도 될까요?"

"우리 얼굴을 보지 못했을 테니까. 일이 끝난 후 깨어나면 꿈을 꾼 듯 할 거다. 굳이 죽일 필요는 없지."

나왕이 대답했다.

나왕의 대답을 듣자 적월이 마음속으로 안도의 한숨을 내쉬었다.

신화밀교를 상대로는 냉혹한 살수가 되겠다고 했지만 그래도 불사 나왕의 마음속에 한 가닥 인정이 남아 있다는 걸 확인했기 때문이었다.

"더는 없겠죠?"

"모르지. 객잔 쪽 출구에 사람이 더 있을 수도……."

"가볼까요?"

"일단 거기까지는 확인해야 한다."

나왕이 고개를 끄떡였다.

그러자 적월이 고개를 끄떡이고는 바람처럼 석실 북쪽 통로로 달려갔다.

"이렇게… 저 아이도 무림의 사람이 되어가는 건가? 죽음의 향기에 익숙해지는 것, 명분과 이득이 있으면 사람의 목숨이 파리 목숨보다 가치가 없어지는 곳이 무림인데, 저 아이가 이제 그 무림의 사람이 되어가는구나."

이번 일을 계기로 무인으로서의 적월이 한 단계 성장하는 것은 좋은 일이지만, 적월이 가지고 있던 순수함을 잃는 것은 안타까운 일이었다.

"그러나 도산검림에서 살려면 독해져야 하지."

나왕이 중얼거렸다. 더군다나 적월이 처해 있는 환경은 결코 녹록한 것이 아니었다. 정체를 알 수 없는 혈월야의 흉수들이 적월이 십이지방의 인왕 몽전의 아들이라는 것을 아는 순간 적월을 살려두려 하지 않을 것이기 때문이다.

"참으로 기이한 일이지. 신화밀교와 같은 거대한 조직이 여태 세상에 알려지지 않았다는 것은……."

나왕이 중얼거리면서 찬찬히 석실을 살피기 시작했다.

스르르!

바닥이 열렸다. 그러자 흐릿한 객방이 보였다. 인기척은 없었다. 적월이 가볍게 열린 바닥으로 솟구쳤다.

툭!

나직한 발자국 소리가 났지만, 누구도 그 소리에 반응하는 사람은 없었다. 객방은 비어 있었다.

"후우……."

적월이 나직하게 한숨을 내쉬었다. 혹시라도 다시 검을 써야 하나 불편해하던 차였다.

불사 나왕의 앞이라 사정을 두지 않고 검을 휘둘렀으나, 사실 적월의 마음이 그리 편한 것은 아니었다. 이 와중에 다시 사람을 베고 싶은 마음은 없었다.

"객잔 주인은 어찌할까……?"

목인 중양의 말에 의하면 객잔의 다른 사람들은 신화밀교와 상관없지만, 이 객잔의 주인은 신화밀교의 오랜 신도라고 했었다. 물론 정식 교도로 입문한 자는 아니지만 그래도 신화밀교의 충실한 추종자였다.

그러니 이 객잔이 오랫동안 합비 성내 신화밀교의 비밀 거처로 쓰일 수 있었던 것이다.

"지금 그를 죽인다면 일이 커질 수 있어. 객잔의 손님들이 동요할 테니까."

적월이 고개를 저으며 그가 올라온 바닥의 통로로 다시 들어갔다.

"더 이상 사람은 없습니다. 객잔 주인은 일단 살려두었고요."

신화밀교 교도들이 너부러져 있는 석실로 돌아온 적월이 석실을 살펴보고 있는 나왕에게 말했다.

"잘했다. 그를 죽이는 것은 혼란을 자초하는 일이지."

나왕이 고개를 끄떡였다,

"좀 어때요?"

"참 치밀한 자들이구나. 서신들이 모두 암호로 되어 있어. 모르는 사람이 보아서는 도저히 그 의미를 알 수 없는 것들이다. 서신을 보내는 방법도 전서구를 통하지 않고 사람과 사람이 교차하며 서신을 이동시키는 방식이라, 시간은 걸려도 안전하고 완벽하게 서신을 전달시킬 수 있는 것 같구나."

"그래서 사람이 이렇게 많이 필요했군요."

사실 석실의 크기에 비하면 이곳에 있던 신화밀교 교도들의 숫자는 지나치게 많은 감이 있었다.

"최근 들어 바빴겠지. 자신들의 우두머리가 사라진 상황이었으니까."

나왕이 말했다.

"그만 가시죠."

"그러자꾸나. 일단 합비 신화밀교의 연락망을 끊어놨으니 신터를 공격하는 일이 한결 수월할 것이다. 다른 곳에서 구원을 올 수도 없을 것이고……."

나왕의 고개를 끄떡이며 대답했다.

그러자 적월이 앞서서 길을 열어 고서점으로 이어진 비도를 걷기 시작했다.

*　　　*　　　*

십이천문의 모든 사람들이 파도처럼 일렁이는 숲 앞에 모였다.

멀리 그리 높지 않은 절벽으로 둘러싸인 신화밀교 합비 신터가 보였다. 날은 맑았다. 싸움이 어울리지 않는 날씨다.

"어… 거참! 날 한번 좋구나. 이런 날은 강에 배를 띄우고 낚시나 하면서 술 한잔 기울이는 것이 좋은데……."

두 개의 기병을 버릇처럼 갈아대며 사송이 말했다.

"팔자 좋은 소리 하고 있어요."

유왕 서리가 자왕 사송을 타박했다.

"말이 그렇다는 거지."

사송이 머쓱한 표정을 지으며 머리를 긁적였다.

"한번 봅시다."

사송과 유왕의 가벼운 농담을 듣고 있던 불사 나왕이 널찍한 바위 위에 큰 지도를 펼치며 말했다.

지도에는 신화밀교 합비 신터의 세세한 모습과 그 주위의 지형이 깨알처럼 그려져 있었다.

지도를 얻은 장소는 고서점으로 위장한 성내의 신화밀교 비밀 거처였는데, 그곳이 신화밀교 연락망의 중심이어서인지 합비 신터 주변의 지형이 세세하게 그려진 지도가 있었던 것이다.

물론 목인 중양으로부터 합비 신터의 지형과 구조를 자세히 들어 알고 있었지만, 그래도 지도를 확보해 눈으로 그 구조를 확인하는 것은 확실히 다른 느낌이었다.

나왕의 부름에 사람들이 급히 나왕 곁으로 모여들었다.

"북로를 열어둘 것이오."

나왕이 지도에 그려진 신터의 북쪽 출입구를 가리켰다.

"음… 여섯 개의 출입구 중 도주하기 가장 편한 곳이구려."

사송이 말했다.

"그렇소이다. 산비탈을 타고 내려가 강으로 이어지는 길이어서 도주하는 자들에게는 무척 유리한 지형이오. 일단 강에 도달하면 준비해 둔 배를 타고 물길을 따라 도망칠 것이오."

"살려주려면 확실히 살려주자는 말씀이시구려."

사송이 다시 말했다.

"그런 의미도 있지만, 도주하기 쉬운 것만큼 되돌아오기는 어려운 길이기 때문이기도 하오."

"아! 그렇구려. 돌아오려면 강을 거슬러야 하고, 급한 산비탈을 되짚어 올라와야 하니 쉽게 돌아오긴 어렵겠구려."

"더불어 북로를 아예 불태울 것이오."

"그럼 완벽하게 반격의 길을 차단하게 되겠구려. 결국 바람이 문제구려."

사송이 시선을 돌려 숲의 움직임을 살폈다. 일정하지 않은 바람, 사방으로 휘몰아치는 바람의 흐름이 숲에 그대로 드러났다.

"중양의 말이 사실이라면 합비 신터는 남북으로 장사진(長蛇陣)의 형태를 이루고 있다고 했소. 그 허리를 끊고 바람이 진의 흐름을 따라 분다면 화공(火攻)만으로도 저들의 숨통을 끊을 수 있을 것이오. 연후에 그들의 수뇌랄 수 있는 학사들만 제거하면 일반 교도들은 걱정할 일이 없을 거요."

나왕이 마치 자신의 눈앞에서 싸움이 벌어지고 있는 듯 세세하게 계획을 말했다.

"그래도 혹시 저항을 하면 어쩌죠?"

공예가 조심스럽게 물었다.

"내 생각에는 우두머리가 없는 사교의 집단에 그럴 능력은 없을 것이다. 하지만 혹시 그럴 가능성에 대비해 뇌옥을 열 것이다."

"뇌옥을요?"

공예가 눈을 동그랗게 뜨고 물었다.

"음, 목인 중양은 크게 중요치 않게 생각한 듯하지만, 사실 뇌옥의 존재는 우리에게 무척 중요할 수도 있다. 뇌옥에 갇혔다는 것은 결국 신화밀교에 원한이 있는 사람들이란 뜻이다. 그들 중에는 무공을 아는 사람도 있을 것이고. 그들이 뇌옥을 벗어나는 순간 누구보다 강력한 조력자가 될 거야."

"몇 명이나 있죠?"

"숫자는 잘 모르겠구나. 일단 열어봐야 알겠지."

"그 일은 내가 맡겠소."

사송이 말했다.

그러자 나왕이 고개를 끄떡였다.

"그렇지 않아도 부탁드릴 생각이었소이다. 뇌옥이 지하에 있다고 하니 역시 자왕께서 수고를 해주셔야 할 것 같소."

"걱정 마시구려. 가장 빨리 그들을 가두어놓은 우리에서 풀어놓을 테니."

자왕이 자신 있게 말했다.

그러자 나왕이 유왕 서리를 보며 물었다.

"예는 어찌하실 생각이신지……?"

공예를 두고 하는 말이다. 이번 공격에는 십이천문의 모든 고수들이 나서야 하지만 공예만큼은 예외였다. 그녀는 아직 스물이 채 되지 않은 나이. 비록 유왕 서리로부터 고된 가르침을 받고 있다 해도 실전에 나서기에는 무리가 있다고 보는 나왕이었다.

그런데 나왕의 질문에 서리가 대답하기도 전에 공예가 먼저 입을 열었다.

"이번에는 저도 반드시 가겠어요."

"어허, 어른들이 결정할 일이다."

서리가 공예를 나무랐다.

그러자 공예가 고개를 저었다.

"사부님, 저도 내년이면 스물이에요. 언제까지 수련만 하고 있을 수는 없다고요. 그리고 신터에 있는 자들이 모두 절정고수도 아니고요."

공예가 당돌한 표정으로 말했다.

그러자 곁에서 자왕 사송이 공예를 거들었다.

"하긴… 고수라야 학사들 정도일 텐데. 그나마도 이미 여러 명이 죽었고. 데려가지?"

"아서요. 사신(死神)이란 자들이 있을 수도 있잖아요."

서리가 고개를 저었다.

"그들은 큰 스승이라는 자들의 명에만 움직인다고 했잖아요?"

공예가 물러서지 않고 말했다.

"후우… 이건 사람의 목숨이 왔다 갔다 하는 실전이야. 그리 간단한 문제가 아니다."

"저도 알아요. 그래서 더욱 가려는 거예요. 이젠 저도 십이천문의 일에서 뒤로 물러나 있고 싶지 않아요. 계속 이런 식이면 전 언제나 십이천문에 짐 같은 존재가 될 거예요."

이번만큼은 공예도 쉽게 물러나지 않았다. 그 모습이 어릴 적 원한을 갚을 때의 모습과 같아서 유왕 서리도 쉽사리 공예의 청을 거절하지 못했다.

그러자 지켜보던 적월이 말했다.

"예도 함께 가죠. 제가 잘 지킬게요."

"소요야, 너까지 왜 이러느냐?"

유왕 서리가 서운한 듯한 표정으로 말했다.

그러자 적월이 말했다.

"고모님께서 예를 아끼시는 마음은 잘 압니다. 하지만 그렇다고 예가 언제까지 손에 검을 들지 않고 살 수는 없잖아요. 어차피 강호에서 살아가야 하는 이상 결국 검을 들고 사람을 베게 될 겁니다. 신터를 공격하는 일은 물론 위험하지만 절정고수의 숫자가 많지 않다는 면에선 오히려 첫 경험으로 나쁘지 않을 것 같습니다만……."

적월이 자신의 생각을 조리 있게 말하자 공예가 열심히 고개를 끄떡이며 유왕 서리를 바라봤다.

그러자 유왕 서리가 길게 한숨을 쉬며 말했다.

"후… 모두가 그런 생각이라면 어쩔 수 없지. 하지만 조심해야 한다. 소요의 곁에서 멀리 떨어지면 안 되고!"

"물론이에요. 사부님! 절대 오라버니 곁에서 떨어지지 않을게요."

공예가 기쁨과 긴장이 뒤섞인 표정으로 대답했다.

십이천문의 사람들은 밤이 될 때까지 움직이지 않았다. 아니, 밤이 될 때를 기다린 것이 아니라 바람의 흐름이 변할 때를 기다리고 있었다.

본래 이런 비밀스러운 터전은 원형진 모양으로 건물이나 집들이 세워지게 마련이지만, 신화밀교의 합비 신터는 지형의 흐름 그대로를 따라가면서 남북으로 이어진 장사진 형태로 건물들을 늘어놓아 바람의 흐름만 잘 타면 단 한 번의 화공으로도 그들을 혼란에 빠뜨릴 수 있었다.

그래서 십이천문의 사람들은 바람이 꼬리를 물며 이어진 신화밀교의 건물들 방향으로 불 때까지 기다리고 있었던 것이다.

그리고 자정 가까이가 되어서야 드디어 바람의 방향이 서서히 신터를 향해 불기 시작했다.

휘우웅!

한 번 바람의 방향이 바뀌자 바람의 세기도 변했다. 그저 숲이 물결치듯 일렁이는 정도였던 바람의 세기가 갑자기 나무들이 크게 휘어질 만큼 강해지기 시작했다.

"생각지도 않은 행운이군."

바람의 방향이 바뀌고 세기까지 강해지자 사송이 기쁜 표정으로 말했다.

"하늘이 돕나 봐요."

적월이 대꾸했다.

"그러게 말이다. 그런 걸로 봐선 역시 저 신화밀교의 무리들은 사특한 자들이 분명해. 그렇지 않으면 하늘이 우릴 도울 리 없지."

사송이 자신들이 하는 행동에 정당성을 부여하려는 듯 하늘의 섭리까지 들먹였다.

그때 나왕의 냉정한 목소리가 들렸다.

"시작합시다."

"알겠소이다."

사송이 긴장한 채 대답했다. 그러고는 훌쩍 뒤로 물러나더니 수십 개에 달하는 가죽 주머니들을 어깨에 걸쳐 메고 다시 앞으로 나섰다.

"조심해요."

수십 개의 가죽 주머니들을 메고 나서는 사송에게 유왕 서리가 주의를 줬다.

"걱정 마. 기름만 뿌리는 거니까. 아무도 날 잡을 수 없지. 일단 달리기 시작하면!"

사송이 도도한 표정으로 말하고는 훌쩍 몸을 날려 강풍이 불어대는 숲으로 달려 나갔다.

사송이 숲으로 들어간 지 일각이 지난 후부터 숲에서 변화가일어나기 시작했다.

신터 쪽으로 강하게 부는 바람 속에서도 바람의 방향과 다른쪽으로 움직이는 나뭇가지들이 보이기 시작한 것이다.

"노출되었나 봐요."

숲으로 들어간 사송이 걱정되는 듯 적월이 말했다.

"어차피 일어날 일이다. 그래도 일각이면 꽤 많이 버틴 것이지. 또 그 정도면 충분한 시간이다."

나왕이 별일 아니라는 듯 대답했다.

그러는 사이 바람의 방향을 거스른 나뭇가지들의 움직임이 일정한 방향으로 흐르기 시작했다. 아마도 그 끝에 사송이 있을것이다.

그러나 나왕이 자신한 대로 숲에 매복해 있던 신화밀교 교도들은 결국 사송을 따라잡지 못했다.

숲의 흐름이 십이천문의 사람들이 있는 방향으로 바뀔 즈음 벌써 사송은 숲을 벗어나 적월 등이 있는 곳에 도착했기 때문이다.

다시 모습을 드러낸 그의 어깨에는 그가 메고 나갔던 가죽 주머니들이 단 하나도 보이지 않았다.

"준비는 모두 끝났소."

모습을 드러낸 사송이 나왕을 보며 말했다.

그러자 나왕이 고개를 끄떡이고는 옆에 놓아두었던 활을 들었다.

강철로 만든 강궁이었다.

제9장
불타는 신터

퍼퍽!

나왕이 십여 개의 화살을 촉이 하늘을 보도록 땅에 꽂았다. 그런데 땅에 꽂힌 화살의 끝에 날카로운 촉 대신 기름을 먹인 천이 뭉툭하게 감겨 있었다.

화살이 나왕 앞에 꽂히자 기다렸다는 듯이 적월이 화살 끝에 불을 붙였다.

화르르!

열 개의 화살이 동시에 불타기 시작했다.

그러자 나왕이 발로 화살 하나를 툭 차 올렸다. 나왕의 발길질에 허공으로 떠오른 불화살이 나왕의 손에 잡히는가 싶은 순간 어느새 화살은 시위에 걸렸고, 지체하지 않고 허공을 갈랐다.

파팡!

날카로운 파공음을 내는 불화살이 허공을 가르는 동안 연이어 다음 화살들이 쏘아졌다.

유성이 줄지어 흐르듯 불화살들이 어두운 밤하늘을 갈랐다. 꼬리를 물며 날아간 불화살이 아름다운 곡선을 그리며 숲 한가운데 떨어졌다.

그러자 그 순간 화살이 떨어진 부근에서 거대한 불길들이 치솟아 오르기 시작했다.

"화르륵!

줄지어 떨어지는 불화살들이 어김없이 큰 화염을 만들었다. 갑자기 오래된 숲이 거대한 불길에 휩싸였다.

"화공이다!"

"모두 조심해!"

숲에서 움직이던 신화밀교 교도들의 급박한 외침이 들려왔다.

"갑시다."

불화살을 모두 날려 보낸 후 숲의 모습을 살피고 있던 나왕이 사송과 서리를 보며 말했다.

"그럽시다. 내가 앞장서겠소."

자왕 사송이 다부진 표정을 짓더니, 양손에 갈고리 모양의 기병을 꺼내 들고 숲을 향해 달리기 시작했다. 그러자 그 뒤를 불사 나왕이 따라붙었다.

"소요야, 예를 잘 보호해야 한다."

사송과 나왕을 따라 몸을 날리려던 유왕 서리가 잠시 걸음을 멈추고 적월에게 당부했다.

"걱정 마세요. 고모님!"

적월이 가벼운 미소로 대답했다.

"그래, 널 믿으마."

서리가 고개를 끄떡이고는 불타는 숲을 향해 몸을 날렸다.

"준비됐지?"

사송과 나왕, 그리고 서리까지 숲으로 달려가자 적월이 긴장한 듯한 공예에게 물었다.

"걱정 말아요."

얼굴에는 여전히 긴장한 기색이 역력했지만 대답만큼은 씩씩한 공예다.

"내 곁에서 십 장 밖으로는 벗어나지 마."

"알았어요."

"좋아. 그럼 우리도 가자!"

적월이 공예에게 시선을 한 번 주고는 훌쩍 몸을 날려 숲으로 달려갔다. 놓칠세라 공예가 그 뒤를 따라붙었다.

삽시간에 불의 바다로 변한 숲을 십이천문의 고수들이 사송을 선두로 질주했다.

사송은 화염에 휩싸인 숲에서도 교묘하게 사람들의 눈을 피할 길을 찾았다. 아마도 앞서 기름주머니들을 숲에 던져놓을 때 미리 움직일 동선을 보아두었던 모양이다.

그러나 아무리 은밀히 움직인다 해도 가끔 그들 앞에 신화밀교의 교도들 한두 명이 모습을 드러내기도 했다.

그럴 때면 앞서 달리는 사송과 나왕이 가차 없이 상대의 목숨을 취했다.

수십 년 강호에서 살아온 노련함이 만들어내는 살수는 빠르고 강력했다. 덕분에 신화밀교의 교도들은 거의 비명도 제대로 지르지 못하고 죽어갔다.

그렇게 무서운 속도로 숲을 관통한 십이천문의 사람들이 한순간 신터의 입구 역할을 하고 있는 절벽 아래 도달했다.

"누구냐?"

십이천문의 고수들이 절벽 아래 이르자 은밀히 몸을 감추고 신터의 출입구를 지키고 있던 신화밀교의 교도 두 사람이 절벽 앞으로 튀어나오며 소리쳤다.

그러나 그들은 자신들의 질문에 대한 답을 들을 수 없었다. 어느새 다가온 사송의 기병이 가차 없이 그들을 베어버렸기 때문이다.

"큭!"

"윽!"

나직한 신음 소리와 함께 두 명의 신화밀교 교도들이 쓰러졌다.

"오릅시다."

순식간에 두 사람을 베어낸 사송이 망설이지 않고 절벽을 오르기 시작했다. 보통의 경우 신화밀교의 교도들이 위에서 내려주는 줄사다리를 타고 올라야 하는 절벽이었지만, 십이천문의 사람들에게는 사다리가 필요 없을 높이였다.

퍼퍼펙!

사송의 기병이 절벽을 찍어댔다. 절벽은 사송의 기병 앞에서는 두부나 무처럼 연약해 보였다.

그의 뒤를 따라 불사 나왕이 절벽에 튀어나온 부분을 발로 차며 날듯이 비상했다.

그즈음 신터 주변의 숲에서 일어난 불길은 노도처럼 거세져서 불길의 높이가 수십 장에 이르렀다. 당연히 불길들은 십여 장 높이의 절벽을 가볍게 넘어 신터 안쪽까지 불태우고 있었다.

그래서 사송과 나왕이 절벽 위로 올라섰을 때, 신화밀교 합비 신터는 이미 일대 혼란에 빠져 있었다.

그 와중에 절벽 위를 지키는 자들이 당황한 채로 사송과 나왕을 맞이했다.

"웬 자들이냐?"

절벽 위에서 사다리를 내려 신터로 들어오는 동료들을 맞이하는 일을 하던 신화밀교의 교도들이 낯선 자들의 등장에 놀라 도검을 빼 들며 소리쳤다.

"오늘 이곳을 세상에서 사라지게 만들 사람들이다."

사송이 소리치며 그중 한 명에게 달려들어 거침없이 기병을 휘둘렀다.

"악!"

사송의 공격을 받은 자가 비명을 지르며 쓰러졌다.

그러자 사송이 다른 자를 무서운 눈으로 보며 소리쳤다.

"가서 너의 동료들에게 전하라. 지금 즉시 북쪽의 통로를 통해 이곳을 떠나라. 그렇지 않으면 죽음을 피할 수 없을 것이다. 이곳에 남아 있는 모든 생명은 오늘 세상에서 사라질 것이라고!"

"대… 대체 너희들은… 헉!"

사송의 경고에 반문하던 신화밀교의 교도가 헛바람을 토해내며 뒤로 물러났다.

어느새 나왕이 삼사 장을 도약한 후 강력한 검기로 한 군데 모여 있는 신화밀교 교도들을 공격했기 때문이다.

콰앙!

애초에 사람을 목표로 한 검은 아니어서 나왕의 검에 베인 자는 없었다. 그러나 신화밀교 교도들이 모여 있던 곳에 떨어진 나왕의 검이 단단한 땅에 커다란 웅덩이를 만들었다. 그의 검에 의해 흙먼지들이 구름처럼 일어났다.

그 기세에 질린 신화밀교 교도들이 본능적으로 신터 안쪽으로 도주하기 시작했다.

"계획대로 되는 것 같소이다."

도주하는 적을 추격하는 대신 사송이 나왕을 보며 말했다.

"그렇구려. 저들이 결국 이곳을 빈 곳으로 만들 것이오. 우린 이쯤에서 갈라집시다."

"알겠소이다. 난 뇌옥으로 가겠소."

"정말 혼자 괜찮겠소?"

나왕이 걱정스러운 표정으로 물었다.

"걱정 마시구려. 이런 일이 내겐 오히려 편하니까."

사송이 가볍게 웃음을 지어 보이고는 이미 불길에 휩싸인 신화밀교 합비 신터 안으로 달려들어 갔다.

뱀의 몸처럼 기이하게 구불거리며 이어지는 신화밀교 합비 신터는 그 모양 그대로 불길에 휩싸여 있었다.

사송은 불길을 따라 달렸다. 그러다가 어느 순간 불길이 미치지 않는 어둠 속으로 사라졌다.

팟!

사송이 손에 쥐고 있던 세 대의 화살을 어둠 속으로 던졌다. 불타는 신터를 달려오며 주워 든 화살들이었다.

화살이 날았다 싶은 순간 세 명의 비명 소리가 터져 나왔다. 그리고 우울한 어둠이 깃든 석동 입구를 지키고 있던 세 명의 신화밀교 교도들이 그 자리에 고꾸라졌다.

"적이닷!"

이미 화염에 휩싸인 신터로 인해 당황하고 있던 신화밀교의 교도들이었다. 그 와중에 어둠 속에서 날아온 화살에 세 명의 동료가 당하자 살아남은 두 사람이 동굴 안쪽으로 소리치며 재빨리 동굴 벽에 몸을 숨겼다.

재차 있을 화살 공격에 대비한 행동이었다.

하지만 더 이상 화살은 날아오지 않았다. 더군다나 한동안은 아무 일도 일어나지 않았다. 기이한 침묵이 이어졌다.

동굴의 입구를 지키던 신화밀교의 교도들이 한동안 침묵이 이어지자 슬쩍 동굴 앞으로 고개를 내밀었다.

그런데 그 순간, 갑자기 그들의 발밑에서 검은 기운이 일어나더니 마치 주인을 공격하는 그림자처럼 신화밀교의 교도들을 덮쳤다.

"억!"

"큭!"

생각지도 못한 공격을 받은 신화밀교의 교도 두 사람이 신음을 흘리며 바닥에 너부러졌다.

쿵!

큰 소리를 내며 쓰러진 신화밀교의 교도들이 애써 고개를 들어 자신들을 공격한 자를 찾았다.

"등잔 밑이 어두운 법이야. 항상!"

자왕 사송이 쓰러진 채 자신을 바라보는 신화밀교 교도들을 보며 충고하듯 말했다. 그러고는 다시 거짓말처럼 그 자리에서 사라졌다.

"귀… 신……"

사송의 기병에 찔려 의식을 잃어가면서 신화밀교 교도가 중얼거렸다.

자신이 벤 적에게 귀신이라고 불린 자왕 사송은 정말 귀신처럼 어두운 동굴 속을 이동하고 있었다.

그의 발밑에서는 아무런 소리가 나지 않았고, 가끔은 바닥이 아닌 천장에 매달려 전진하기도 했다.

그렇게 이십여 장 깊이의 지하로 들어오자 갑자기 불쾌한 냄새가 흘러나오는 거대한 지하 석실이 나타났다.

석실 곳곳에는 철장으로 입구를 가린 뇌옥들이 어둠 속에 도사리고 있었고, 그 가운데에 뇌옥을 지키는 신화밀교 교도들 다섯이 모여 불안한 시선으로 동굴 입구를 노려보고 있었다.

그들 앞에 양손에 갈고리 모양의 기병을 든 자왕 사송이 불쑥 모습을 드러냈다.

"웬 놈이냐?"

사송이 나타나자 뇌옥을 지키던 신화밀교 교도 중 한 명이 애써 두려움을 감추며 소리쳤다.

"제대로 찾았군. 너희들에게 기회를 주마. 지금 즉시 이곳을 나가 신터를 벗어나라. 그럼 살 거야. 신터의 북쪽 길이 열려 있다. 기회는 오직 지금뿐, 그렇지 않고 이곳을 지키려 했다가는 동굴 입구를 지키던 자들처럼 죽게 될 것이다."

사송이 질문에 대답을 하는 대신 냉막한 표정으로 경고했다. 그러면서 슬쩍 양손의 기병을 들어 올렸는데, 그 모습이 신화밀교의 교도들에게 견딜 수 없는 두려움을 안겨주었다.

"다섯을 세겠다. 그 안에 사라져라."

두려움에 떠는 신화밀교의 교도들을 보며 사송이 재차 경고하고는 천천히 숫자를 세기 시작했다.

"하나… 둘… 셋……."

숫자를 세면서도 사송은 천천히 다섯 명의 신화밀교 교도들을 향해 다가서고 있었다.

그러다 숫자 셋까지 세었을 때, 갑자기 신화밀교 교도들 중한 명이 사송을 피해 동굴 입구 쪽으로 달려 나가며 소리쳤다.

"네놈에게 반드시 본 교의 지옥불이 떨어질 것이다."

저주를 퍼부으며 달아나는 사내가 우두머리였을까. 그자가 뇌옥을 떠나자 나머지 네 명도 황급히 사송을 멀찍이 돌아 석실에서 달아나기 시작했다.

"이 망한 놈들아, 지옥불은 이미 네놈들 신터에 떨어졌다. 남 걱정 말고 네놈들이나 걱정하거라."

사송이 퉁명스럽게 욕설을 내뱉고는 석실 가운데 석탁에 올려져 있는 열쇠 꾸러미를 집어 들었다.

"여기요. 우리 좀, 우리 좀 꺼내주시오."

사송이 열쇠 꾸러미를 집어 들자 뇌옥에 갇혀 있던 사람들이 여기저기서 사송을 불렀다.

사송이 뇌옥을 살펴보니 철창으로 가려진 십여 개의 옥이 원을 이루며 석실의 벽 쪽으로 만들어져 있었다. 십여 개의 뇌옥까지 생각하면 애초에 석실은 무척 거대한 지하 공간이었을 것이 분명했다.

"어쩌다가 옥에 갇혔소?"

자신을 부른 중년 사내가 갇힌 옥으로 다가가 철창문을 열면서 사송이 물었다.

"여기 있는 사람들은 모두 신화밀교에 가입하기를 거부했거나 혹은 가입했다가 교를 나가려 했던 사람들이라오. 사실 오늘 대협께서 우릴 구해주지 않으셨다면 조만간 우린 모두 죽었을 것이오."

중년 사내가 사송에게 고개를 조아리며 말했다.

"아니, 죽일 거면 바로 죽이지 왜 뇌옥에 가둬놓았다가 죽인단 말이오?"

사송이 되물었다,

"일부는 설득을 위해서 가두어 두고, 또 일부는 그간 혹시라도 교의 사정을 바깥에 알린 것이 없나 알아보려고 해서 가둬둔 것이오. 그런 사람들의 처지는……."

중년 사내가 다른 뇌옥을 바라봤다.

그의 시선에 따라 사송도 고개를 돌려보니 다른 뇌옥에 피투성이가 된 채 쓰러져 있는 사람들이 여럿 있었다.

"이런 고약한 작자들 같으니라고."

사송이 절로 욕설이 흘러나왔다. 한눈에 봐도 살아도 산 것이 아닌 상태까지 고문을 당한 것이 분명했다.

"아무튼 구해주신 것은 고마운데 대체 밖에 무슨 일이 일어난 겁니까?"

중년 사내가 물었다.

"신터가 불타고 있소. 뭐… 곧 완전히 전소될 거요. 신터에 있던 자들은 북쪽으로 도주를 하였으니 이제 그대들은 자유의 몸이오. 남은 사람들은 알아서 풀어주고 떠나시오."

사송이 중년 사내에게 열쇠 꾸러미를 넘기며 말했다.

"정말입니까? 정말 이곳 신터가 불타 없어졌습니까?"

중년 사내가 믿을 수 없다는 듯 되물었다.

"나가보면 내 말을 믿을 수 있을 거요. 그런 난 먼저 나가보겠소."

사실 사송은 약간 실망하고 있었다.

그가 뇌옥을 깰 때는 이곳에 갇힌 자들이 신터의 신화밀교 교도들을 공격하는 데 도움이 될 거라 생각했다. 그런데 막상 갇혀 있는 사람들을 보니 이들이 뇌옥에서 풀려난다 해서 신화밀교의 무인들과 싸울 수 있을 것 같지는 않았다.

애초에 무공을 알고 있었는지는 모르지만 고문을 당한 자들이 태반이어서 당장은 어린애도 상대하기 어려워 보였던 것이다.

"알았습니다. 그렇게 하겠습니다. 정말 고맙습니다."

죽음의 위기에서 벗어났다는 것이 감격스러운지 중년 사내가 연신 고개를 숙여 보였다.

사송이 그런 사내를 두고 뇌옥을 벗어나려다 말고 문득 한 곳으로 시선을 돌렸다. 그의 시선이 닿은 곳에는 다른 뇌옥과 달리 안이 보이지 않는 검은 철문이 있었다.

"저건 뭐요?"

사송이 중년 사내에게 철문을 가리키며 물었다.

"아, 저 안쪽에도 사람이 갇혀 있는 것 같습니다."

중년 사내가 그제야 생각났다는 듯이 입을 열었다.

"그런데 왜 다른 뇌옥과 문이 다른 거요?"

"그건 저도 잘 모르겠습니다. 다만 간혹 저 문이 열릴 때면 안쪽 깊은 곳에서 야수의 울부짖음 같은 소리가 들리곤 했지요. 그 소리를 들으면 이곳에 갇힌 사람들은 소름이 끼쳐 제대로 잠이 들지 못할 정도였습니다."

사내의 말을 듣자 사송은 문득 호기심이 생겼다. 대체 어떤 자가 갇혀 있기에 저렇게 특별한 철문이 필요한가 싶었던 것이다,

그래서 밖의 사정이 급하지만 그의 걸음은 자연스럽게 굳게 잠긴 철문으로 향했다.

철컹!

사송이 철문을 잠근 커다란 자물쇠를 쥐고 흔들었다.

"강철이군."

철문을 잠근 자물쇠는 아무리 고수라도 맨손으로는 부술 수 없을 만큼 단단했다.

"여기……."

어느새 다가온 중년 사내가 사송에게 제법 큼직한 검은 열쇠

를 내밀었다.

"그간 지켜보니 이 열쇠로 철문을 열었습니다."

중년 사내의 말에 사송이 검은 열쇠를 받아 들고 자물쇠를 열었다.

"철컹!"

워낙 커다란 자물쇠라 열리는 소리도 제법 컸다.

자물쇠를 벗겨낸 사송이 천천히 철문을 안으로 밀었다.

찌이잉!

제대로 아귀가 맞지 않은 것처럼 철문이 열리면서 불쾌한 마찰음을 만들어냈다. 그러면서도 결국 철문은 열려서 어두운 동굴이 모습을 드러냈다.

"바로 뇌옥이 있는 게 아니었나?"

사송이 어두운 동굴을 보며 중얼거렸다.

철문 뒤쪽의 동굴은 옥이 아니라 또 다른 공간으로 이동하기 위한 통로의 입구였던 것이다.

사송이 중얼거리며 검은 통로 안쪽으로 한 걸음 들어섰다.

"음!"

순간 사송의 입에서 나직한 신음 소리가 흘러나왔다. 갑자기 정체를 알 수 없는 날카로운 기운이 동굴 안쪽에서 흘러나왔기 때문이다.

창!

사송이 기병을 다시 손에 뽑아 들었다. 그러고는 조심스럽게 전진하기 시작했다.

그는 소위 만년한철로 불려도 될 만큼 강한 쇠로 만든 뇌옥에 갇혀 있었다.

빛이 없어 처음에는 사람이 있는지 알 수 없었지만, 어둠에 익숙해지자 두 발목에 쇠갑을 차고, 그 쇠갑에서 이어진 쇠줄이 뇌옥 안쪽 단단한 벽에 깊이 박혀 있는 채로 갇혀 있는 그가 보였다.

굶주려서 깡마른 몸이지만 키는 그리 작지 않았다. 머리는 무성하게 자라 얼굴을 가리고 있었는데, 언뜻언뜻 머리카락 사이로 보이는 눈빛은 야수의 그것처럼 날카롭기 이를 데 없었다.

사송은 이 뜻밖의 인물을 발견하고는 재빨리 옥 주변을 살폈다. 그러나 옥 주변에서 이 기이한 인물을 지키는 자는 없었다. 아마도 이 옥을 탈출하는 것이 불가능하다고 판단해 지키는 사람을 두지 않은 것 같았다.

"당신은 누구요? 왜 여기 갇혔소?"

뇌옥의 창살 앞으로 다가선 사송이 물었다.

그러자 괴인이 슬쩍 고개를 들었다.

순간 사송의 움찔했다. 마치 독사의 눈을 가진 것처럼 사내의 눈은 차갑게 살기가 묻어났다.

그러나 그뿐, 그렇다고 겁을 먹을 사송은 아니었다.

"당신 정체는 뭐요?"

사송이 다시 물었다.

그러자 괴인이 거의 땅에 가라앉을 듯 낮은 목소리로 물었다.

"밀교의 사람이 아닌가?"

"밀교? 아, 신화밀교 말이오? 그렇소. 난 신화밀교의 사람이 아니오."

"그런데 어떻게 이곳까지 왔는가?"

사내가 마치 죄인을 추궁하듯 사송에게 물었다.

"그야 당연히 옥문을 깨고 왔지. 설마 그자들이 열어줬겠소?"

사송이 조금 짜증이 나는 목소리로 퉁명스럽게 대답했다.

그러자 사내가 잠시 날카로운 눈으로 사송을 노려보다가 물었다.

"그럼 당신은 대체 누구요?"

말투가 변했다.

신화밀교의 사람이 아니라는 것을 믿는 모양이었다.

"그건 지금은 말해줄 수 없소. 사실 나도 가급적이면 정체를 숨겨야 하는 사람이라서 말이오."

"그럼 왜 옥은 깬 것이오? 구할 사람이 있었소?"

사내가 물었다.

"그런 건 아니고. 지금 내 동료들이 이 신화밀교 신터를 화공으로 공격하고 있는데, 뇌옥을 깨면 갇혀 있던 사람들이 우리 일을 도와줄 수 있을 것 같아서 뇌옥을 깬 것이오. 물론 기대와 달리 밀교의 인간들과 싸워줄 사람은 거의 없는 것 같긴 하지만… 그러다가 이곳까지 온 거요."

사송의 말에 사내가 어둠 속에서 사송을 잠시 더 지켜봤다. 아마도 사송의 말을 믿어도 되는지 고민하는 듯했다. 그러나 믿든 안 믿든 일단 뇌옥을 벗어날 수 있다면 그에게는 손해나는 일이 아니었다.

"날 풀어주겠소?"

"그야 물론, 보아하니 당신은 신화밀교와 제대로 싸워줄 수 있을 것 같으니까."

카앙!

말을 끝내자마자 사송이 자신의 손에 들린 기병을 휘둘렀다. 사내가 갇혀 있는 뇌옥의 열쇠를 당장은 찾을 수가 없어서 아예 창살을 베어내 버리려는 것이었다.

강철로 된 뇌옥의 창살을 베어내는 것은 어찌 보면 무모해 보이는 일이지만 만약 그게 가능하다면 보통의 고수가 아니란 의미여서, 뇌옥에 갇혀 있던 사내도 사송의 행동을 유심히 바라보고 있었다.

캉캉캉!

사송이 연이어 뇌옥의 창살을 쳐댔다.

뇌옥의 창살도 단단하기는 했지만, 사송의 기병은 그 유명한 만년한철이라 불리는 단단한 쇠로 만들어진 기병이어서 쇠창살을 여러 번 때려대도 전혀 날이 상하지 않았다.

그리고 그렇게 이십여 번 넘게 쇠창살을 두드리자 드디어 뇌옥의 창살이 부러져 나가기 시작했다.

쩌정!

한 번 부러지기 시작한 창살들이 연이어 대여섯 개가 부러져 나갔다. 그러자 한 사람이 빠져나올 만한 공간이 생겼다.

그러나 그렇다고 뇌옥에 갇혀 있던 자가 즉시 뇌옥을 벗어날 수 있는 것은 아니었다. 그의 발목에 채워진 쇠갑과 그 쇠갑으로부터 이어져 뇌옥 안쪽에 깊이 박혀 있는 쇠줄을 끊어내야 하기 때문이었다.

그래서 사내가 뇌옥을 나오는 대신 사송이 작은 몸을 구부려 뇌옥 안으로 들어갔다.

"봅시다."

뇌옥 안으로 들어온 사송이 사내의 발목을 가리켰다. 그러자 사내가 자리에 앉은 채로 두 발을 앞으로 내밀었다.

사송이 사내의 발목에 채워진 철갑을 살피다가 입을 열었다.

"이 쇠갑은 열쇠가 없으면 열기 어려울 것 같고, 그렇다고 함부로 자르려 했다가는 발목이 상할 수도 있소. 일단은 줄이나 끊어야 할 것 같소."

"그것으로 족하오."

사내가 대답했다.

사내의 대답을 들은 사송이 거침없이 양쪽 발목을 채운 쇠갑에 연결된 쇠줄을 기병으로 내려쳤다.

캉!

쇠줄은 뇌옥의 창살과 달리 단번에 잘려 나갔다.

사내가 순식간에 쇠줄로부터 자유로워졌다. 일단 쇠줄이 끊기자 사내가 훌쩍 자리를 털고 일어났다.

그러고는 두 손으로 포권을 하며 사송에게 말했다.

"구해줘서 고맙소. 이 은혜는 반드시 갚겠소."

"뭐, 은혜랄 것이 있겠소. 서로 돕고 사는 거지. 일단 이곳을 나갑시다. 듣고 싶은 이야기는 많지만 지금 밖에서 내 동료들이 신화밀교 인간들과 싸우고 있는 중이라……."

"알겠소이다. 그 일이라면 나도 돕겠소."

사내가 눈에서 살기를 드러내며 말했다.

"좋소이다. 일단 나갑시다."

사송이 앞장서서 뇌옥을 벗어났다.

그러자 사내가 사송의 뒤를 따라 걸음을 옮기기 시작했다.

여러 개의 뇌옥이 원형으로 설치되어 있던 석실은 깨끗하게 비워져 있었다. 사송이 사내가 있는 뇌옥으로 간 사이 뇌옥에 갇혀 있던 자들은 모두 밖으로 나간 모양이었다.

사송이 빈 석실을 한 번 둘러보고는 지상으로 나가는 출구를 따라 걸음을 옮겼다.

지상의 출입구가 가까워지자 매캐한 화염의 냄새가 코를 파고 들었다.

"화공을 했소?"

뒤를 따르던 사내가 물었다.

"처음에 말해주었던 것 같은데……."

사송이 대답했다.

"몇 명이나 오셨소?"

사내가 다시 물었다.

"다섯."

"지금 뭐라고 했소?"

사내가 갑자기 걸음을 멈추며 다시 물었다.

"다섯이라고 했소."

사송이 사내를 돌아보며 말했다.

그러자 사내가 믿을 수 없다는 듯 다시 물었다.

"정말 겨우 다섯 명으로 이 합비 신터를 공격했단 말이오?"

"그렇소."

사송이 너무도 담담하게 대답하자 사내가 일순 말문이 막히는지 잠시 침묵을 지켰다. 그러다가 다시 물었다.

"그래서… 승산이 있소?"

"그야 나가보면 알지 않겠소. 그리고 저들은 우리가 겨우 다섯인 줄은 꿈에도 모르고 있을 거요. 나가봅시다. 일이 어찌 되어가는지……"

사송이 빙그레 미소를 짓고는 조금 더 빨리 걸음을 옮기기 시작했다. 그러자 사내가 사송을 따라 걸음을 옮기며 중얼거렸다.

"밀교보다 더 이상한 사람들을 만난 것 같군."

화르르!

마치 용암이 들끓는 화산의 안쪽에 들어와 있는 듯싶었다. 지하 뇌옥의 입구 부근도 화염으로 가득 차 있었다. 뜨거운 열기가 동굴의 입구를 벗어나자마자 엄습해 왔다.

그러나 사송이나 그를 따라 나온 사내가 이 정도 열기에 움직임을 방해받을 사람들은 아니었다. 두 사람은 서둘러 걸음을 옮겨 화염이 조금 잦아든 지역으로 이동했다.

그곳에선 불타는 합비 신터의 모습이 한눈에 들어왔다.

"음, 일이 생각대로 된 모양이군."

나왕이 불타는 신터를 보며 중얼거렸다.

"설마 싸움에서 이겼다는 뜻이오?"

사내가 믿기 힘들다는 듯 물었다. 아무리 화공을 했다 해도 겨우 다섯이다. 그 다섯 중 하나는 뇌옥에 들어와 자신을 구하고 있었다. 그렇다면 지상에 남아 있던 자들은 겨우 넷, 그 넷으로 어떻게 일백을 훌쩍 넘는 신터의 사람들을 이길 수 있단 말인가. 아무리 생각해도 이해가 가지 않는 일이었다.

"퇴로를 열어주고 화공을 했소. 그리고 나의 동료 중에는 신화밀교의 교도들 따위는 홀로 수백 명이라도 상대할 고수들이 있소. 거기에 화공까지⋯ 이곳에 있던 사교의 무리들은 북쪽 길을 따라 후퇴했을 것이오. 저길 보시오."

사송이 손을 들어 신터의 북쪽을 가리켰다.

사내가 시선을 돌리자 과연 몇 개의 횃불이 줄지어 신터 북쪽 산비탈을 내려가 강으로 이어지고 있었다.

"저 곳에 신화밀교의 배가 있긴 하지."

사내가 고개를 끄떡였다.

"이곳 사정을 잘 아는 모양이구려?"

사송이 사내에게 물었다.

"알 만큼은 아오."

사내가 대답했다.

"대체 당신은 누구요?"

사송이 정말 궁금하다는 듯 고개를 돌려서 사내를 보며 물었다.

순간 벌겋게 불타는 불빛 속에서 사내의 얼굴이 지금까지보다 더 명확하게 드러났다.

'생각보다 젊군.'

머리가 얼굴을 가리고 있을 때 사송은 사내가 자신과 비슷하거나 혹은 자신보다 조금 더 나이가 들었을 거라고 생각했다.

보통보다 낮은 목소리에 뇌옥에 갇혀 있던 상황, 그리고 그의 눈빛을 통해 추측한 것이었다. 그러나 직접 얼굴을 보니 사송은 자신의 생각이 틀렸음을 인정할 수밖에 없었다.

사내는 아무리 많이 쳐줘도 사십을 넘지 않은 얼굴이었다.

'그렇다면 무척 고된 수련을 쌓은 자로군. 아니면 그만큼 고생을 했거나.'

어느 쪽이든 사내가 나이에 비해 범상치 않은 과거를 가지고 있음은 분명했다. 그렇지 않다면 이 나이에는 결코 가질 수 없는 눈빛이었다.

"난… 애초에 밀교의 사람이었소."

순간 사송이 사내로부터 한 걸음 멀어졌다. 그가 신화밀교의 사람이었다면 어떤 상황에서라도 경계하지 않을 수 없었다.

그런 사송을 보며 사내가 고개를 저었다.

"날 경계하지 않아도 되오. 난 밀교의 사람이었지만 세상 그 누구보다 신화밀교에 깊은 원한을 가진 사람이니까 말이오."

"그대의 과거를 알 수 없으니 무턱대고 그대를 믿기도 어렵구려."

사송이 의심 어린 표정으로 말했다.

"조심성이 많구려."

"조심하지 않았다가 큰일을 당한 적이 있어서……."

사송이 혈월야를 떠올리며 말했다.

그러자 사내가 고개를 끄떡였다.

"날 경계하는 것은 충분히 이해하오. 사실 나 역시 누군가를 믿었다가 평생을 살인귀로 살았던 사람이니까 말이오."

"그게 누구요?"

사송이 다시 물었다.

그런데 그 순간 사내의 눈빛이 번쩍였다.

"그 전에 해결할 일이 생겼구려."

팟!

한순간 허공으로 치솟은 사송의 발밑으로 날카로운 비도가 스쳐 나갔다. 그런데 비도는 애초부터 사송이 목표가 아니었다. 비도의 목표는 뇌옥에서 탈출한 사내였다.

사송이 허공으로 치솟는 순간 사내의 몸은 땅으로 꺼지고 있었다. 일단 땅에 엎드려 비도를 머리 위로 흘려보낸 사내가 무서운 속도로 몸을 회전시켰다.

파파팟!

사내의 몸이 회전하는 방향으로 연이어 세 개의 비도가 꽂혔다.

순간 허공에 떠올랐던 사송의 입에서 노성이 터져 나왔다.

"이런 쥐새끼 같은 놈들이!"

스스로가 자왕으로 불리는 사송이 말하기에는 어울리지 않은 욕설이었지만, 사송은 자신들을 공격한 세 명의 복면인에게 쥐새끼라는 욕설을 퍼부으며 그중 한 명을 덮쳤다.

그러자 복면인이 재빨리 사송을 향해 한 자루 비도를 내던졌다.

"홍, 이 따위 잔재주를!"

사송이 비웃음을 흘리며 왼손의 기병으로 비도를 막고 오른손의 기병으로 상대의 목을 공격하려 했다.

그런데 그 순간 그의 왼손 기병에 닿을 듯하던 비도가 살아 있는 생명처럼 꿈틀대더니 순식간에 그의 기병을 우회해 계속해서 사송의 미간을 노렸다.

"음!"

사송의 입에서 나직한 침음성이 흘러나왔다. 그를 공격하는 자의 비도술이 비범한 경지에 이르렀다는 것을 깨달은 것이다.

그러나 사송은 사송이다. 자신의 왼손을 피해 계속해서 날아 드는 비도를 이번에는 사송의 오른손 기병이 쳐냈다.

캉!

이번만큼은 상대의 비도가 사송의 기병을 피하지 못했다.

"이 빌어먹을 놈!"

자신을 곤란하게 만든 게 화가 나는지 사송이 자신에게 비도를 날린 자를 향해 기병을 휘두르며 달려들었다.

그리고는 매가 들쥐를 사냥하듯 그대로 상대를 덮쳤다.

그러자 복면을 한 상대가 사송을 향해 어지럽게 검을 휘둘렀다. 자신의 비도를 막아내고 반격을 가하는 사송의 무공에 당황한 것이 분명해 보였다.

"이런 실력으론 곤란하지!"

사송이 한마디 비웃음을 흘리며 왼손의 기병으로 상대의 검을 낚아챘다. 그리고 오른손의 기병으로, 그대로 상대의 심장 어림을 찔렀다.

픽!

"욱!"

둔탁한 소음과 함께 신음 소리가 흘러나왔다. 뒤를 이어 검은 복면인이 자왕의 발밑에 무너져 내렸다.

그러자 자왕 사송이 땅바닥에 너부러지는 복면인을 보며 고개를 갸웃했다.

"다른 자들은 모두 도주하는데 왜 이자들은 이곳으로 온 거지?"

합비신터의 신화밀교 교도들은 모두 북쪽 길을 따라 도주하고 있었다. 그런데 이들 복면인 삼 인은 도주하는 대신 신터 깊은 안쪽에 위치한 뇌옥 부근으로 달려와 자신들을 공격했던 것이다. 이상한 일이 아닐 수 없었다.

그런데 그 의문은 곧 풀렸다.

"악!"

"컥!"

자왕 사송이 복면인들의 등장을 의아하게 생각하는 사이 십여 장 떨어진 곳에서 두 마디 비명 소리가 들렸다.

사송이 급히 고개를 돌려보니 복면인 두 명이 각자 목을 움켜 쥔 채 땅에 허물어지고 있었다.

그런 그들의 목에는 앞서 그들이 날렸던 비도가 꽂혀 있었다. 비도가 그들 자신의 목숨을 끊은 것이다.

그리고 그 중간에 뇌옥에서 사송이 구해준 사내가 서 있었다. 양쪽으로 팔을 벌리고 있는 자세로 보아서 두 명의 복면인 목에 비도를 꽂은 사람은 사내가 분명했다.

"생각보다 대단한 사람이었군."

사송이 중얼거렸다.

분명 처음에는 사내의 손에 어떤 무기도 없었다. 그런데 상대의 비도로 상대의 목을 꿰뚫었다는 것은 그가 상대가 날린 비도를 낚아챈 후 반격을 했다는 의미가 된다.

물론 사송도 복면인을 상대하느라 사내가 어떻게 움직였는지 눈으로 본 것은 아니지만, 싸움의 경과라는 것이 반드시 눈으로 보아야만 알 수 있는 것은 아니었다.

"날 죽이러 올 줄 알았다. 단지 너희들이 불운했던 것은 내가 뇌옥에서 풀려났다는 것을 몰랐던 것이지. 사슬에 묶여 있다면 모를까. 자유로운 몸이 된 나를 너희들이 어찌 감당할 것이냐."

사내가 목에 비도를 꽂고 죽어가는 복면인들을 보며 중얼거렸다.

그런 사내에게 다가서며 사송이 물었다.

"아는 자들이오?"

그러자 사내가 말없이 고개를 끄떡였다.

"당신을 죽이러 온 거요?"

"그렇소."

"어떤 사이요?"

사송이 다시 물었다.

그러자 사내가 침통한 목소리로 대답했다.

"한때… 형제와 같았고, 서로의 목숨을 지켜주던 사람들이오."

"동료였다는 것이오?"

"그렇소."

사내가 무겁게 대답했다.

"그런데 대체 왜……?"

사송이 이해할 수 없다는 얼굴로 되물었다. 그러자 사내가 우울한 표정으로 대답했다.

"내가 알지 말아야 할 비밀을 알았기 때문이오."

대답을 하면서 사내의 시선이 불타는 합비 신터의 한 곳을 노려보고 있었다.

제10장
큰 비밀의 작은 흔적,
그리고 조비(曹丕)

기이한 싸움이었다.

사실 신화밀교의 교도들은 적의 실체를 제대로 보지도 못했다. 그런데 어느 순간부터 교도들은 북쪽 출구를 통해 도주하기 시작했다. 일단 한 사람의 도주가 시작되자 둑이 무너진 것처럼 교도들이 신터를 빠져나가기 시작했다.

일이 이렇게 된 것은 신터의 우두머리인 목인 중양의 부재가 큰 이유를 차지했다.

목인 중양이 있었다면 적의 실체를 보지도 못한 채 신터를 버리고 도주하는 일은 없었을 것이다.

목인 중양이 없는 신화밀교 교도들은 마치 목 없는 뱀처럼 어떤 조직적인 힘도 발휘하지 못했다.

어쩌면 이런 모습이 신화밀교의 가장 큰 약점일 수도 있었다.

신화밀교는 철저하게 점조직처럼 구성되어 있어서, 오직 조직의 우두머리만이 전체를 통솔하게 되어 있었던 것이다.

그것이 조직의 실체를 세상에 숨기는 데 큰 도움이 되기는 하지만, 목인 중양이 사라지자 그를 대신해 이 조직을 이끌 사람이 누구 하나 없었던 것이다.

합비 신터에 남아 있던 학사들조차도 각자 맡은 일이 전혀 다르고 평소 목인 중양의 지시에 따라 자신이 맡은 일만 해왔던 터라, 누구도 중양을 대신할 수 없었다.

목인 중양을 따라 적을 추격해 나갔던 자들 중 상당수가 돌아오지도 못한 상황이었다.

이런 상황에서 신터의 구조를 파악해 불을 놓은 십이천문 사람들의 계책에 의해, 단단해 보이던 신화밀교 합비 신터는 결국 순식간에 궤멸되고 있었다.

여전히 불타고 있지만 이제는 거의 모든 곳이 텅 빈 신화밀교 합비 신터 곳곳을 누비던 십이천문 사람들이 자연스럽게 한곳으로 모여들었다.

합비 신터에서 가장 크고 단단하게 지어진 건물, 얼마 전까지 목인 중양이 사용하던 건물 앞이었다.

물론 크다고는 해도 고루거각이나 재력가의 기와집과는 차이가 있는 건물이었다. 사방을 벽돌로 쌓아 올렸고, 기와 역시 멋보다는 만약에 있을지도 모르는 누군가의 공격을 막기 위해 성벽처럼 가파른 기울기를 가지고 있었다.

물론 전체적으로는 낮은 형태의 집이었지만, 오직 지붕만이 사람이 올라서기 힘들 만큼 가팔랐다.

"마지막인가요?"

유왕 서리가 합비 신터의 중심이 되는 건물 앞에서 입을 열었다.

"그런 것 같소. 이곳도 비었다면 이제 이곳에 남아 있는 자는 아무도 없을 거요."

불사 나왕이 대답했다.

"그들이 반응할까요?"

"기다려 봅시다."

유왕 서리가 그들이라고 칭한 것은 신화밀교를 지배하는 일곱 명의 큰 스승을 두고 하는 말이었다. 오늘 십이천문이 신화밀교 합비 신터를 불태운 이유가 큰 스승들을 불러내기 위한 것이었다.

어디선가 합비 신터가 불타는 것을 보고 있다면, 혹은 소식을 듣는다면 반드시 이곳에 나타날 거라는 것이 십이천문의 생각이었다.

"들어가죠?"

적월이 검을 들어 올리며 말했다.

신화밀교 교도들이 썰물처럼 빠져나갔다 해도 싸움이 아예 없을 수는 없어서 적월의 검과 몸에는 싸움의 흔적이 역력했다. 그리고 그는 서둘러 오늘 밤의 싸움을 끝내고 싶었다.

"그러자꾸나. 들어가자!"

나왕이 고개를 끄떡였다.

그러자 적월이 문을 박차고 앞서서 건물 안으로 들어가려는데, 갑자기 뒤쪽에서 자왕 사송의 목소리가 들렸다.

"잠깐, 잠깐 기다려라."

조금은 다급한 목소리에 사람들이 걸음을 멈추고 자왕 사송의 목소리가 들린 곳으로 시선을 돌렸다.

그러자 사송이 헌칠한 체격을 지닌 괴인과 함께 십이천문의 사람들이 있는 곳으로 달려왔다.

"누구예요?"

유왕 서리가 자왕 사송이 도착하자마자 그의 안부를 묻는 대신 사송이 데려온 사내의 정체를 먼저 물었다.

"이거 오라비의 상태를 먼저 물어야 하는 것 아니냐?"

사송이 투덜거렸다.

"척 보니 멀쩡한 것 같아서요."

"뭐, 다친 곳은 없지."

"그러니까요. 누구냐고요?"

유왕 서리가 재차 물었다.

그러자 자왕 사송이 겸연쩍은 표정으로 머리를 긁으며 대답했다.

"옥에서 구한 사람인데… 그리고 보니 이름도 안 물어봤구려?"

사송이 사내를 돌아봤다.

그러자 사내가 짧게 대답했다.

"조비라 하오."

"조비라는 사람이라고 하네."

사송이 얼른 유왕 서리를 보며 말했다.

그런 사송을 어처구니없다는 듯 바라보던 유왕 서리가 조비라고 자신의 정체를 밝힌 자에게 물었다.

"왜 갇혀 있었던 거죠?"

"나중에 말해주겠소. 그보다 지금은 이곳에 들어가 보는 게 급하지 않소?"

조비라 이름을 밝힌 사내가 말했다.

그러자 유왕 서리가 조비를 바라보며 고개를 끄떡였다.

"그렇긴 하지요. 그런데 오라버니, 왜 우리 걸음을 막으신 거죠?"

적월이 건물로 들어가려는 것을 사송이 급히 달려오며 막은 이유를 묻는 것이다.

그러자 사송이 대답했다.

"안에 기관이 있다더군."

"기관이요? 그런 말은 없었잖아요?"

유왕 서리가 불사 나왕을 보며 물었다.

목인 중양이 합비 신터의 구조와 지형을 실토할 때 자신이 거처하는 신터 중심 건물에 기관이 설치되어 있다는 말을 하지 않았다.

"그자가 마지막 한 수를 남겨두었던 모양이구려."

나왕이 말했다.

"그런데 오라버니는 그걸 어떻게 아셨어요?"

유왕 서리가 사송에게 물었다.

그러자 사송이 손으로 조비란 사내를 가리켰다.

"당신은 어떻게 알았죠?"

"내가 한때 이곳에 있었기 때문이오."

조비가 대답했다.

순간 유왕 서리가 눈을 가늘게 떴다.

"그 말은 당신도 신화밀교의 교도란 뜻인가요?"

"과거에는 그랬소. 물론 지금은 아니지만."

말을 하는 조비의 눈에서 차가운 살기가 느껴진다. 그건 다름 아닌 신화밀교에 대한 분노였다.

그 눈빛을 본 유왕 서리가 그에 대한 의심을 덜어내며 물었다.

"무슨 사연인지 모르겠지만 일단 이곳에 들어가는 것을 도울 수 있다는 거죠?"

"내가 앞장서겠소."

조비가 아예 앞으로 나섰다.

생각보다 적극적인 조비의 행동에 유왕 서리가 조금 당황한 듯 뒤로 물러났다.

"이 건물에는 모두 세 개의 기관이 설치되어 있소. 첫 번째 기관은 대전으로 쓰는 곳에 설치되어 목인의 허락이 없이 누군가가 들어오면 자동으로 발동하게 되어 있고, 두 번째 기관은 목인의 침실에 설치되어 암살자의 기습에 대비하게 되어 있소. 그리고 세 번째 기관은……."

조비가 잠시 말꼬리를 흐렸다.

"세 번째 기관은 어디에 있소?"

사송이 궁금한 듯 물었다.

그러자 조비가 대답했다.

"세 번째 기관은 천밀각이라는 은밀한 공간에 설치되어 있소."

"천밀각이라. 그 또한 처음 듣는 말이군. 중앙이란 자가 말하지 않은 것이 꽤 되네."

사송이 고개를 갸웃하며 말했다.

"천밀각은… 목인 중양도 함부로 들어갈 수 없는 곳이오. 물론 목인의 처소와 연결되어 있지만 지하 비도를 꽤 오래 걸어야 당도할 수 있소. 물론 사람들의 눈에 보이지 않는 곳이오."

"대체 어떤 곳이기에 신터의 우두머리인 목인 중양조차도 출입이 어렵다는 말이오?"

사송이 놀란 표정으로 물었다.

"천밀각은… 큰 스승들을 위한 장소요."

"아……!"

사람들이 나직한 탄성을 흘렸다.

그러자 조비가 말을 이었다.

"신터에 큰 스승들이 모습을 나타내는 경우는 매우 드물지만 일단 신터에 오게 되면 교도들에게는 철저히 비밀로 되어 있는 장소인 천밀각에 머물게 되오. 큰 스승들의 안전과 신비감을 위해 그리한 것인데, 이곳 신터에서도 천밀각의 존재를 아는 사람은 목인 이하 겨우 서넛에 지나지 않았소."

새로운 사실을 알게 된 십이천문의 사람들은 조비의 말에 놀라 안으로 들어가는 걸 잊은 듯 조비를 바라보고 있었다.

그런데 그 와중에도 불사 나왕은 냉정한 이성을 유지하고 있었다.

"목인 이하 겨우 서넛에 지나지 않는 사실을 그대는 어떻게 알고 있소?"

나왕의 질문에 십이천문 고수들의 정신이 번쩍 들었다.

천밀각이라는 장소를 알고 있을 뿐 아니라 그곳에 기관이 설치되어 있다는 것도 알고 있는 조비라는 인물의 정체가 새삼스럽게 궁금해진 것이다.

"난… 예전에는 큰 스승들을 위해 일했었소."

나왕이 질문에 조비가 대답하는 순간 십이천문의 모든 사람들이 얼어붙은 듯 긴장했다.

"설마하니… 큰 스승이라니……."

사송이 믿을 수 없다는 듯 중얼거렸다.

마치 가만히 있다가 뒤통수를 맞은 듯한 표정이었다. 그리고 그런 자를 자신이 구해왔다는 것이 믿기지 않은 듯 보였다.

"정말 큰 스승들을 위해 일했소?"

사송이 확인하듯 물었다.

"그렇소이다."

"그럼… 그들을 만나봤소?"

"그중 한 명을 잘 알고 있소. 난 그를 위해 일했소."

조비가 대답했다.

"그가 누구요?"

"…난 사령을 위해 일했소."

"사령… 사령… 사… 아! 사령 무명사! 설마……?"

사송이 경악스러운 표정으로 조비를 바라봤다.

다른 사람들 역시 마찬가지였다. 불사 나왕조차도 도저히 믿을 수 없다는 표정이었다.

"정말, 정말 그 사령 무명사요?"

사송이 되물었다.

그러자 조비가 고개를 끄떡였다.

"그렇소. 바로 그요. 다른 형제들은 그를 그저 큰 스승, 혹은 사선… 큰 스승들은 스스로 자신들을 신선이라 칭하곤 하오. 우스운 일이지. 스스로 신선의 경지에 이르렀다고 자칭하는 것은… 아무튼 다른 형제들은 알지 못했지만 난 알고 있었소. 그가 무림에서 사령 무명사라 불린다는 것을."

조비의 말에 십이천문의 사람들이 입을 다물지 못했다.

사령 무명사. 사람들은 그를 살수들의 제왕, 혹은 살수들의 살수라 부른다.

누구도 그가 살행을 하는 것을 목격하지 못했으나, 강호에서 사령 무명사는 전설의 반열에 오른 살수였다.

보통의 경우 살수는 강호에서 천대받는 직업이지만, 사령 무명사만큼은 살수가 아닌 전설적인 강호고수로 인정받는 자였다.

왜 그가 그렇게 유명해졌는지, 혹은 살수의 경지를 넘어선 강호의 거인으로 인정받게 되었는지는 누구도 쉽게 설명할 수 없었다.

그의 과거는 제대로 알려진 것이 없었고, 그의 정체 역시 철저히 감춰져 있었다.

그럼에도 불구하고 그는 강호의 전설이었다. 그 이유는 구패의 수장이나, 강호오선 등 현 강호를 지배하는 자들이 그를 무림의 전설로 인정하기 때문이었다.

강호의 지배자들이 인정하는 살수, 그러니 그 누가 그를 강호의 전설이 아니라고 할 수 있겠는가.

사령 무명사는 바로 그런 사람이었다.

그런데 그 사령 무명사의 뿌리가 신화밀교였다니, 아니, 신화밀교를 움직이는 일곱 명의 큰 스승들 중 한 명이었다니 놀라지 않을 수 없는 일이었다.

"정말 엄청나군."

사송이 조금 질린 표정으로 말했다.

그만큼 사령 무명사의 이름은 무거운 것이었다.

"그를 만날 수 있소?"

불사 나왕이 조비에게 물었다.

그러자 조비가 고개를 저었다.

"지금은 불가능하오. 내가 뇌옥에 갇힌 시간이 삼 년이오. 그 사이 그는 나와 연결할 수 있는 모든 흔적들을 끊었을 것이오."

"대체 그와 무슨 일이 있었기에 뇌옥에 갇힌 것이오? 그의 명을 어겼소?"

사송이 물었다.

그러자 조비가 대답했다.

"그가… 신화밀교가 내가 생각했던 그런 구원의 집단이 아님을 알게 되었소. 더불어 그들이 가지고 있는 추악한 진실의 일면을 내가 보았기 때문이라고 해둡시다. 일단 들어갑시다. 혹시 천밀각까지 가면 그를 찾을 수 있는 단서가 남아 있을 수도 있으니 말이오. 이대로 두면 아마 곧 불길이 천밀각까지 번질 것이오. 비록 지하 밀실이라고 해도."

조비의 말에 십이천문의 사람들은 지금 급한 것은 조비의 과거를 듣는 것이 아니라는 것을 깨달았다.

"그럼 부탁하겠소."

사송이 말하자 조비가 고개를 끄떡이고는 문을 박차고 안으로 들어갔다.

파파팟!

다섯 개의 비도가 허공에 유려한 곡선을 그리며 날아갔다. 비도 하나하나가 살아 있는 생물처럼 허공에서 움직였다. 직선으로 날아갈 때의 날카로움과 강력함은 없었지만, 대신 곡선으로 움직이면서 살아 움직이는 생동감과 정확함이 살아 있었다.

퍼퍽!

허공을 날아간 비도들이 넓은 대전의 지붕을 떠받치고 있는 굵은 기둥들 중 두 곳, 그리고 높은 천장 세 곳에 박혔다.

기둥과 천장에는 붉고 푸른 잘 다듬어진 돌들이 박혀 있었는데, 비도는 정확하게 그 돌들을 파고들었다.

쿠르릉!

비도가 적청의 돌들을 꿰뚫는 순간 갑자기 무거운 마찰음이 들리더니 사방에서 암기와 화살들이 대전으로 쏟아졌다.

퍼퍼퍽!

만약 대전에 사람이 있었다면 그 누구도 죽음을 면치 못했을 무지막지한 기관의 작동이었다.

그 모습을 보고 있던 십이천문 사람들이 안도의 한숨을 내쉬었다. 모르고 들어왔다면 죽음은 몰라도 몇몇은 큰 부상을 입었을 것이기 때문이다.

그렇게 한동안 쏟아지던 암기와 화살들은 일각이 조금 되지 않아 더 이상 나타나지 않았다.

그러자 조비가 십이천문 사람들을 보며 물었다.

"이대로 천밀각으로 가시겠소? 아니면 목인 중양의 침실에 들러보시겠소?"

그러자 사송이 망설이지 않고 대답했다.

"우리에게 중요한 것은 큰 스승이라는 자들의 흔적이오."

"알겠소. 그럼 천밀각으로 갑시다."

조비가 대답을 하고는 망설이지 않고 화살과 암기가 쏟아져 있는 대전으로 걸어 들어갔다.

일단 기관의 작동은 멈췄지만 그래도 십이천문 고수들은 조비를 따라 대전에 들어가는 것을 잠시 망설였다. 그러나 망설임은 잠시, 조비에게 어떤 일도 일어나지 않자 십이천문 고수들도 더 이상 망설이지 않고 걸음을 옮겼다.

대전을 가로지른 조비는 대전 북쪽에 걸려 있는 커다란 천하지도 앞으로 다가갔다.

천하의 주요 성들과 그 성들을 이어주는 길이 세세하게 그려진 지도 앞에서 조비가 걸으며 주워 들은 검을 매섭게 휘둘렀다.

촤악!

조비의 검에 거대한 지도가 반으로 잘려 나갔다. 날카롭고 군더더기 없는 초식, 살수의 초식이 분명했다.

조비의 검 쓰는 모습에서 십이천문의 고수들은 그가 신화밀교 큰 스승 중 한 사람이라는 사령 무명사의 사람이었다는 것을 실감할 수 있었다.

조비의 살검이 살수들 중에서는 최고 수준에 이른 살검임을 알아봤기 때문이다.

사람들이 조비의 검술에 감탄하는 사이 조비는 찢어진 천하지도를 들추고 벽에 걸려 있는 둥근 손잡이를 잡아당겼다.

그르릉!

조비가 손잡이를 잡아당기자 무거운 마찰음이 일어나더니 벽 사이에 틈이 생기면서 어두운 비도가 모습을 드러냈다.

"갑시다."

비도를 연 조비가 십이천문 사람들에게 말하고는 서슴없이 비도 안으로 들어갔다.

"제길… 정말 따라가도 되는 건지……."

사송이 망설이며 중얼거렸다.

"어쩌겠어요. 지금에 와서."

외려 유왕 서리가 담대한 모습으로 대답을 하고는 성큼성큼 조비의 뒤를 따라 비도 안으로 들어갔다.

비도는 좁고 어두웠다. 성인 두 사람이 나란히 서면 걷기가 불편할 정도였다.

그래서 조비를 선두로 한 일행은 일렬로 줄을 지어 비도를 이동했다. 그래도 앞에 선 조비에겐 익숙한 길이라 그런지 그는 망설이지 않고 어두운 비도를 걸었다.

그렇게 일각여를 걷자 일행 앞에 기이한 공간이 나타났다.

분명 땅속인데 땅속 같지 않고, 분명 석실인데 석실 같지 않은 공간이었다.

입구부터 운치 있고 향기로운 나무 문이 있었고, 문을 열자 마치 어느 경치 좋은 곳에 세워진 누각과 비슷한 공간이 나타났다.

천장에는 여러 개의 화려한 야명주가 대낮처럼 밝게 실내를 비추고 있었고, 벽은 질 좋은 목재로 마무리되어 있었다.

바닥 역시 마찬가지였다. 보통의 석실이라면 대리석이나 아니면 석재를 바닥에 깔았겠지만, 이곳은 기름을 먹인 붉은색이 도는 나무로 마루처럼 바닥을 만들어놓고 있었다.

그 모습에서 일행은 왜 이곳이 지하에 있음에도 불구하고 각(閣)이라는 이름을 사용하는지 이해할 수 있었다.

그런데 일단 천밀각의 문을 연 조비가 지금까지와는 다르게 조심스러운 모습을 보였다. 함부로 천밀각 안으로 들어가지 않고 걸음을 멈춘 것이다.

"문제가 있소?"

걸음을 멈춘 조비를 보며 사송이 물었다.

그러자 조비가 대답했다.

"뇌옥을 나왔을 때 나를 공격했던 세 명의 복면인들 기억하시오?"

"당연하지 않소. 얼마나 지났다고."

"그자들은 본래 신터의 외부에 나타나면 안 되는 자들이오. 그자들은 이 천밀각을 지키는 것이 본분인 자들이었소."

"그런데 왜 천밀각을 벗어나 당신을 공격한 거요?"

"내가 뇌옥에서 탈출하는 것을 막기 위해 왔던 것이오. 아마 신터를 떠나기 전에 날 죽이기 위함이었을 거요. 내가 탈출할 가능성이 있다면 차라리 죽이라는 명을 받았을 테니까."

"그럼 그자들도 큰 스승이라는 자들의 명을 받는 사람들이었소?"

"그렇소. 사신이라고……."

"아, 사신(死神)!"

사송이 아는 척을 했다.

"아시오?"

"목인 중양이 말하더이다. 우리를 추살하기 위해 사신이란 자들이 움직일 거라고. 그리고 사신들은 일곱 명의 큰 스승들이 직접 움직이는 무서운 자들이라고."

"맞소. 바로 그들이오."

"그래서 그렇게 뛰어난 비도술을 지니고 있었군."

사송이 뇌옥 밖에서 만났던 복면인들을 생각하며 고개를 끄떡였다.

"아무튼 그들은 이곳을 지키는 것이 임무였는데 이곳을 벗어났으니 천밀각을 포기했다는 뜻이 되오. 그럼 당연히 이곳에 설치된 기관을 작동시켰을 거요."

이미 천밀각에 특별한 기관이 설치되어 있음을 알고 있는 십이천문의 고수들도 조비의 말에는 긴장하지 않을 수 없었다.

"대전에서처럼 파훼할 수 없는 건가요?"

뒤쪽에서 공예가 물었다.

"이곳의 기관은 생각보다 단순치가 않소."

어린 공예의 질문이라서일까, 조비의 목소리가 조금은 부드러워진 듯했다.

"어떻게요?"

공예가 물었다.

"고정되어 있는 것이 아니라 일단 기관이 작동하면 침입자의 움직임에 따라 살아 있는 생물처럼 기관도 변화하오. 그래서 기관의 쐐기가 될 만한 곳을 찾아 파괴하기가 쉽지 않은 거요. 중심이 계속 움직이니까."

"어떻게 파훼하죠?"

"누군가 한 사람이 천밀각으로 들어가 기관을 움직이게 만들고 그때 노출되는 급소들을 다른 사람이 파괴하는 것이 가장 좋은 방법인데, 과연 누가 저 안으로 들어가겠소."

그러자 자왕 사송이 망설이지 않고 말했다.

"내가 들어가겠소. 기관의 급소가 노출되면 당신의 비도로 파괴할 수 있겠소?"

그러자 조비가 놀란 표정으로 사송을 바라봤다.

"진심이오?"

"그럼 이 와중에 거짓말을 하겠소?"

사송이 덤덤하게 대답했다.

조비는 그런 사송을 의구심 어린 표정으로 바라봤다. 그럴 수밖에 없었다. 조비가 사송의 타고난 천부적인 육감을 알 리 없기 때문이다.

"위험해요."

물론 사송의 재능을 알고 있는 유왕 서리도 걱정을 하긴 마찬가지였다.

"동생까지 날 못 믿는 거야?"

사송이 불쾌하다는 듯 되물었다.

"오라버니의 실력이야 믿지만……."

"됐어. 눈으로 보여주면 되지. 어쨌든 기관을 파괴하는 건 그대 몫이오?"

사송이 조비에게 말했다.

"물론. 노출이 되기만 한다면."

조비가 미덥지 않은 표정이지만 고개를 끄떡였다.

"그럼 준비하시오."

창!

사송이 어느새 두 손에 돌출된 기병을 서로 마찰시키며 말했다.

조비가 그런 사송을 바라보며 그를 공격했던 신화밀교의 사신들에게서 탈취한 비도를 손에 빼 들었다.

"그럼 어디 시작해 볼까?"

조비의 준비가 끝난 것을 본 사송이 훌쩍 몸을 날려 천밀각 안으로 들어갔다.

스르르!

경치 좋은 곳에 세워진 아름다운 누각 같은 천밀각이 사송이 들어서자마자 움직이기 시작했다.

뒤를 이어 미세한 파공음과 함께 한 대의 짧은 은빛 화살이 사송을 겨냥하고 날아들었다. 그야말로 은밀하면서도 날카로운 아침 햇살 같은 공격이었다.

팟!

사송의 작은 몸이 허공에서 빠르게 회전했다. 그러자 화살이 아슬아슬하게 사송의 옷깃을 스치고 지나가 바닥에 꽂혔다.

그러나 그것이 끝이 아니었다. 사송이 화살을 피해 내려선 지점 바로 위에 작은 구멍이 열리더니 한꺼번에 십여 개의 암기가 쏟아졌다.

촤르륵!

쏟아지는 암기들이 서로 부딪히며 구슬 부딪히는 소리를 냈다. 절대 위협적이지 않은, 어찌 보면 아름다운 소리들이 천밀각에 울려 퍼지는 순간, 사송의 기병이 허공에서 매섭게 회전했다.

촤아악!

사송의 양손에 들린 기병이 바람개비처럼 회전하기 시작하자 천장에서 떨어지던 암기들이 기병이 만들어내는 진기의 막에 걸려 사방으로 흩어졌다.

따다당!

진기에 막힌 암기들이 그제야 요란한 소리를 토해내며 이곳이 살기가 진동하는 장소임을 일깨웠다.

그리고 그 순간 두 자루 비도가 허공을 갈랐다.

쐐애액!

두 개의 비도가 나는 뱀처럼 유연한 곡선을 그리며 천밀각을 가로질렀다.

그러고는 천장으로 하나, 그리고 왼쪽 벽으로 하나가 날아가 박혔다.

퍼퍽!

둔중한 소리를 내며 비도가 천장과 벽에 박히자 지금까지 들을 수 없었던 소리가 들려왔다.

끼이익!

사람들의 눈살을 찌푸리게 만드는 불유쾌한 소리다. 지금까지 천밀각의 기관들이 움직일 때 나던 부드러운 소음과는 확연히 다른 것이다. 기관이 정상적이지 않게 움직이기 시작했다는 신호였다.

"서북쪽 기관이 남아 있소."

조비가 천밀각의 동남쪽에 위치한 사송을 보며 말했다.

"제길, 다시 화살받이가 되란 말이군. 하긴 뭐, 내가 자처한 일이니 그렇게 해야지."

사송이 투덜거리면서도 망설이지 않고 천밀각 서북방위로 움직였다.

그러자 다시 사방에서 암기와 화살이 쏟아져 나오기 시작했다. 기관이 정상적이지 않아서 그런지 처음과 달리 요란한 소음과 함께 두서없이 마구잡이로 쏟아지는 암기와 화살이다.

하지만 위험하기는 마찬가지였다. 사송이 기병으로 만들어내는 진기의 막이 더욱 강렬해지고 그의 온몸이 진기의 막으로 가려졌다. 사송의 체구가 작아서 망정이지 만약 조금 더 건장했다면 기병으로는 도저히 암기와 화살을 모두 막을 수 없었을 것이다.

하지만 어쨌든 사송의 작은 체구는 기병이 만드는 진기의 막에 완벽하게 가려졌다.

따다당!

요란한 충돌음이 터져 나오면서 암기와 화살들이 사방으로 튕겨 나갔다. 순간 다시 조비의 비도 세 자루가 허공을 갈랐다

퍼퍼퍽!

조비의 비도는 어김없이 천밀각 기관의 급소를 파고들었다. 그러자 다시 요란한 소리가 들려왔다.

쿠쿠쿵!

기관이 엉키고 허물어지는 소리다.

그러자 쏟아지던 화살과 암기도 더 이상 날아오지 않았다.

"후우!"

암기와 화살 공격이 끝나자 사송이 길게 한숨을 쉬며 기병을 휘두르는 것을 멈췄다.

"끝난 건가요?"

　모든 움직임이 멈추자 공예가 물었다.

　그러자 조비가 고개를 끄떡였다.

"그런 것 같소."

　하지만 그의 말은 곧 나왕에 의해 부정됐다.

"아니, 아직은 완전히 끝나지 않은 것 같군."

　나왕이 자신의 말이 채 끝나기도 전에 몸을 날렸다.

　쿠오!

　나왕의 검이 서늘한 파공음을 만들어냈다. 그리고 나왕의 검에서 눈부신 검기가 번쩍였다.

　쩍!

　한순간 한겨울 얼음 갈라지는 소리가 터져 나왔다. 직후에 자왕 사송의 좌우로 거대한 철판이 떨어져 내렸다.

　쿠쿵!

　처음에는 하나였다가 불사 나왕의 검에 의해 반으로 갈린 철판에는 어른 손가락만 한 굵기의 날카로운 쇠침들이 빼곡하게 박혀 있었다. 만약 그대로 자왕 사송의 머리 위에 떨어졌다면 아무리 자왕 사송이라도 완전히 피해내지는 못했을 것이 분명했다.

"허! 십 년 감수했네."

　자왕 사송이 그 자리에 얼어붙은 듯 선 채 손으로 가슴을 쓸어내렸다. 그러나 사람들은 자왕 사송이 살아남은 것에 대한 기쁨보다 불사 나왕의 무공에 더 경악하고 있었다.

그리 두껍지는 않아도 길이가 일 장에 달하는 철판을 순식간에 절반으로 잘라낸 불사 나왕의 무공은 전율적인 것이었다. 그가 무림십대고수에 거론되는 고수라는 것을 제대로 실감할 수 있는 장면임이 분명했다.

"대체 누구요?"

냉막한 얼굴의 조비조차도 불사 나왕의 무공에 놀라 자신도 모르게 옆에 있는 유왕 서리에게 물었다.

그러자 유왕 서리가 나직하게 대답했다.

"불사 나왕… 사십 대의 나이로 천하십대고수의 반열에 오른 사람이죠."

"아, 불사……!"

불사 나왕의 이름은 조비도 알고 있는 모양이었다.

불사 나왕의 이름을 들은 그가 새삼스럽게 십이천문 일행의 정체가 궁금한지 다시 물었다.

"당신들은 대체 누구요?"

"나중에 함께 이야기하죠. 그쪽의 일과 우리의 일 모두."

유왕 서리가 대답을 뒤로 미뤘다.

"그럽시다."

조비 역시 유왕 서리의 말에 금세 수긍했다. 사실 지금은 한가하게 서로의 내력이나 이야기하고 있을 때가 아니었다.

조비가 훌쩍 몸을 날려 천밀각 안으로 들어갔다. 그러고는 동남쪽 방향으로 이동하더니 질 좋은 향나무로 만들어진 벽 한가운데를 눌렀다.

그러자 벽이 갈라지면서 갑자기 환한 빛이 들어왔다.

"아!"

사람들 입에서 나직한 탄성이 흘러나왔다. 자신들이 지하에 들어와 있는 줄 알고 있던 십이천문 고수들 눈에 불타는 신화밀교 합비 신터의 모습이 들어왔던 것이다. 그건 곧 이곳이 완전히 지하는 아니라는 의미였다.

"대체 이곳의 위치가 어디요?"

자왕 사송이 뒤늦게 조비에게 물었다.

"목인 중양의 거처에서 오십여 장 떨어진 북쪽 산비탈 중턱이오. 천밀각 자체는 땅속에 있으나 창을 열면 신터 전체를 조망할 수 있는 위치요. 물론 밖에서는 이곳에 천밀각 같은 장소가 있는지 전혀 알 수 없소."

조비가 말했다.

"음… 과연 큰 스승들이 머물 만한 곳이구려."

사송이 고개를 끄떡였다.

그러자 조비가 다시 걸음을 옮겨 다른 벽을 열었다. 그러자 짙은 향내가 풍기는 고즈넉한 방이 나타났다.

그 방에는 역시 향나무로 만든 작은 서탁 하나와 화려하지는 않지만 정갈하게 정돈된 침상이 있었다.

조비가 걸음을 옮겨 서탁으로 다가갔다. 그러고는 서탁의 위를 한 번 손으로 훑더니 다시 서탁에 달린 서랍을 열었다.

잠시 서랍 안을 살피던 조비가 이번에는 침상으로 이동해 침상을 덮고 있는 이불을 걷어보았다.

그런데 그 순간 갑자기 조비가 마치 미친 사람처럼 북쪽 벽을 향해 달려갔다.

쾅!

조비의 손에 의해 북쪽 벽이 박살 났다. 그러자 겨우 한 사람이 움직일 만한 검은 동굴이 나타났다.

조비가 망설이지 않고 동굴을 타고 오르기 시작했다.

"젠장, 뭐 하는 거야?"

조비가 동굴로 사라지자 사송이 투덜거리면서도 조비의 뒤를 따라 달리기 시작했다. 그 뒤를 이어 십이천문의 모든 고수들이 두 사람이 사라진 동굴로 달려갔다.

파파팟!

동굴은 거의 수직에 가깝게 기울어져 있었다. 그래서 사람들은 절벽을 오르듯 동굴을 탔다. 다행인 것은 동굴의 넓이가 워낙 작아서 위로 올라가는 것이 수월하다는 점이었다.

그렇게 십여 장을 오르자 어두운 밤하늘이 보였다.

파팟!

적월과 나왕, 그리고 유왕 서리와 공예가 차례로 비도를 벗어나 시원한 바람이 부는 산중턱으로 올라섰다.

그런데 앞서 동굴을 벗어난 조비와 사송의 모습이 보이지 않았다.

"두 사람은 어디 있죠?"

가장 나중에 동굴을 벗어난 공예가 급히 물었다.

그러자 나왕이 방향을 틀어 산꼭대기로 치달아 오르며 말했다.

"봉우리 쪽이다."

나왕의 말이 끝났을 때 그는 벌써 십여 장 밖을 달리고 있었다.

"내게서 떨어지지 마."

적월이 나왕을 쫓아가려는 공예 앞으로 나서며 말했다.

"위험한가요?"

공예가 불안한 음성으로 물었다.

"음… 조금……."

적월이 대답을 하면서 빠르게 나왕을 따라붙기 시작했다.

기이한 추격전이었다.

가장 앞에는 여전히 조비가 있었고, 그 뒤로 자왕 사송과 십이천문의 고수들이 줄지어 산봉우리를 향해 치닫고 있었다.

그런데 이상한 것은 조비를 제외하고는 그 누구도 그들이 누구를, 혹은 무엇을 추격하고 있는지 모른다는 사실이었다.

그러면서도 십이천문의 사람들은 모든 힘을 다해 조비의 뒤를 따르고 있었다.

단지 조비의 표정과 움직임만으로도, 그리고 그들이 자랑하는 육감으로도 지금의 이 추격전이 그들에게 무척 중요한 의미를 갖는다는 것을 느끼고 있었기 때문이다.

그렇게 얼마나 달렸을까. 일행은 어느새 불타는 신터에서 거의 사오 리나 멀어져 있었다.

그들이 도달한 곳은 신터로부터 이어진 꽤 높은 산의 산봉우리, 백척간두는 아니더라도 한 걸음 잘못 디디면 위험천만한 절벽 아래로 떨어지기 십상인 곳이었다.

그곳에서 조비가 걸음을 멈췄다.

그때 조비와 약간의 거리를 두고 뒤따르던 십이천문 고수들

눈에, 조비의 앞쪽에서 마치 구름 위에 서 있는 듯 새벽 운무에 휘감겨 있는 한 명의 노인이 보였다.

검은 옷에, 검은 건을 쓴 노인… 어찌 보면 시골 촌장 같기도 하고, 글을 가르치는 늙은 훈장 같기도 한 노인의 얼굴은 새벽어둠과 안개에 가려 제대로 보이지 않았다.

그런 그를 향해 조비가 외쳤다.

"큰 스승이라는 사람이 도주를 합니까?"

"도주……? 하하하, 조비야. 내가 누군가에게서 도망을 칠 사람이 아니라는 것을 누구보다 네가 잘 알고 있지 않느냐?"

"그럼 지금 하고 있는 행동은 무엇입니까?"

조비가 물었다.

"널 내 손으로 죽이고 싶지는 않다는 뜻으로 알거라."

흑의 노인이 너그러운 표정으로 말했다.

"왜 날 죽이지 않는 겁니까?"

조비가 다시 물었다.

"내 손으로 거둔 너니까. 내 손으로 키워낸 너니까. 넌 내게… 사신(死神) 이상의 의미였다. 그래서 널 내 손으로 죽이지는 않는 것이다."

노인의 말에서 진심이 느껴진다.

"하지만 난 끝까지 당신을 쫓을 겁니다."

"물론… 그러겠지. 네 성정을 알고 있으니까. 하지만 네가 아무리 애를 써도 내게 복수하는 것은 불가능하다. 너도 알겠지만 우리 큰 스승들은 절대 타인의 손에 죽지 않아."

"세상에 불가능한 일은 없지요. 당신에게 그리 배웠습니다."

"그래… 너야말로 나의 모든 것을 이어받을 만한 그릇이었지. 그래서 더욱 안타깝다. 네가 몰라야 할 것을 알았다는 사실이! 아무튼 난 이만 가겠다. 불청객이 많아지는구나. 다시 널 보지 않기를 바라겠다. 그 말을 너에게 하려고 불타는 신터에서 널 기다렸던 것이다."

그 순간 자왕 사송이 봉우리 위로 올라섰다.

순간 흑의인의 눈에서 전율적인 살기가 흘러나왔다.

"감히 신화밀교의 신터를 불태운 자들에게 신화의 무서운 형벌이 내릴 것이다. 기다려라!"

그 말을 남기고 흑의인의 몸이 봉우리 아래로 기울어지듯 떨어졌다.

사송이 재빨리 봉우리 끝으로 달려갔지만 이미 흑의 노인은 봉우리 주변을 가득 채운 운무 속으로 사라진 이후였다.

"젠장! 대체 그가 누구요?"

사송이 고개를 돌려 조비를 보며 물었다.

그러자 조비가 무거운 표정으로 대답했다.

"그가 바로 사령 무명사요."

『십이천문』 7권에 계속…

초대형 24시 만화방

신간 100%, 샤워실, 흡연실, 수면실(침대석), 커플석, 세탁기 완비

■ 광명 광명사거리역점 ■

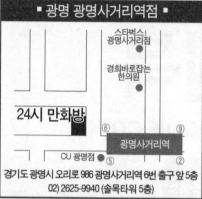

경기도 광명시 오리로 986 광명사거리역 6번 출구 앞 5층
02) 2625-9940 (솔목타워 5층)

■ 강북 노원역점 ■

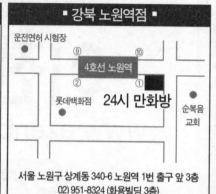

서울 노원구 상계동 340-6 노원역 1번 출구 앞 3층
02) 951-8324 (화용빌딩 3층)

■ 일산 정발산역점 ■

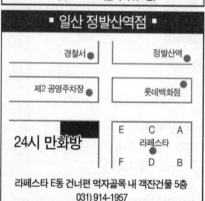

라페스타 E동 건너편 먹자골목 내 객잔건물 5층
031) 914-1957

■ 일산 화정역점 ■

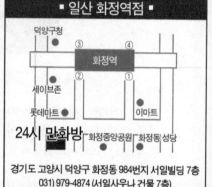

경기도 고양시 덕양구 화정동 984번지 서일빌딩 7층
031) 979-4874 (서일사우나 건물 7층)

■ 부천 역곡역점 ■

역곡남부역 기업은행 건물 3층
032) 665-5525

■ 부평역점 ■

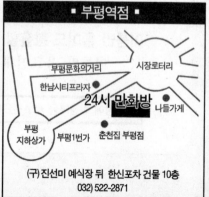

(구)진선미 예식장 뒤 한신포차 건물 10층
032) 522-2871

천미신교
닉양지부

정보석 新무협 판타지 소설

FANTASTIC ORIENTAL HEROES

무협武俠의 무武란 무엇을 뜻하는가?
바로 자신의 협俠을 강제強制하는 힘이다.

자신을 넘어, 타인을 통해, 천하 끝까지 그 힘이 이른다면,
그것이 곧 신神의 경지.

일개 인간이 입신入神하기 위해
필요한 것은 무엇인가?

지금, 그 답을 찾기 위한
피월려의 서사시가 시작된다!

Book Publishing CHUNGEORAM

WWW.chungeoram.com

한의 韓醫 스페셜 리스트

가프 장편소설

FUSION FANTASTIC STORY

돌팔이 소리만 듣던 한의사 윤도.

달라지고 싶은 마음에 찾아간 중국 명의순례에서
버스 추락 사고에 휘말리고 마는데……

구사일생으로 살아 돌아온 지 30일.
전에 없던 스페셜한 능력들이 생겼다?

**초짜 한의사에서 화타, 편작 뺨치는 신의로!
세상의 모든 질병과 인술 구현에 도전한다!**

Book Publishing CHUNGEORAM

유행이 아닌 자유추구 -
WWW.chungeoram.com

만학검전 종남마검 편

FANTASTIC ORIENTAL HEROES

한성수 新무협 판타지 소설

천하제일인 운검진인과의 대결을 앞두고 사라진

종남파 사상 최고의 제일고수 이현.

그가 나타난 곳은 학문으로 유명한 숭인학관?!

환골탈태 후 절세의 경지에 도달한
이현의 무림기행기!

기적의 환생
MIRACLE LIFE
박선우 장편소설
FUSION FANTASTIC STORY
"한 사람의 영웅은 국가를 발전시키기도,
타락시키기도 한다."
믿었던 가족들의 배신으로 모든 것을 잃은 최강철.
삶의 의미를 잃은 그는 결국 죽음을 선택하는데…….
삶의 끝자락에서 만난 악마 루시퍼!
그와의 거래로 기억을 가진 채 고등학생 시절로 되돌아간다.
다시 얻은 삶.
나는 이전의 비참했던 삶을 뒤로하고 황제가 되어
세상을 질주할 것이다!
Book Publishing CHUNGEORAM
유행이 아닌 자유추구 -
WWW.chungeoram.com